杨　义◎著

文学哲思录

海天出版社（中国·深圳）

图书在版编目（CIP）数据

文学哲思录 / 杨义著. — 深圳：海天出版社，2014.9
（本色文丛）
ISBN 978-7-5507-1178-5

Ⅰ.①文… Ⅱ.①杨… Ⅲ.①随笔—作品集—中国—当代 Ⅳ.①I267.1

中国版本图书馆CIP数据核字(2014)第193392号

文学哲思录
WENXUE ZHESI LU

出 品 人　陈新亮
策划编辑　于志斌
责任编辑　曾韬荔　侯天伦
责任技编　蔡梅琴
封面设计　李松璋

出版发行　海天出版社
地　　址　深圳市彩田南路海天综合大厦（518033）
网　　址　www.htph.com.cn
订购电话　0755-83460293（批发）　83460397（邮购）
设计制作　深圳市龙墨文化传播有限公司（0755-83461000）
印　　刷　深圳市华信图文印务有限公司
开　　本　787mm×1092mm　1/32
印　　张　7.5
字　　数　150千
版　　次　2014年9月第1版
印　　次　2014年9月第1次
定　　价　30.00元

杨义，1946 年生，广东省电白县人，中国社会科学院学部委员，文学研究所研究员，博士生导师。国家级有突出贡献专家，国家社科基金重大项目首席专家，中国鲁迅研究会会长。1998~2009 年，任中国社会科学院文学研究所所长，民族文学研究所所长，《文学评论》主编，《文学年鉴》主编，全国“格萨（斯）尔领导小组”组长。1992 年任牛津大学客座研究员，1998 年任英国学术院客座教授、荷兰莱顿大学客座教授，2003 年任剑桥大学客座教授。2010 年，在澳门大学全球招聘中，被聘为讲座教授。曾讲学于英国牛津大学、剑桥大学，美国哈佛大学、耶鲁大学、斯坦福大学，法国巴黎东方语言学院，瑞典斯德哥尔摩大学，俄罗斯圣彼得堡大学，日本早稻田大学，韩国首尔大学等世界名校。在海内外出版著作 50 余种，主编书籍 20 种 70 余册，发表论文 500 余篇。主要著作有《中国现代小说史》、《二十世纪中国文学图志》、《中国古典小说史论》、《中国叙事学》、《中国古典文学图志》、《老子还原》、《庄子还原》、《墨子还原》、《韩非子还原》、《文学地理学会通》。多次荣获国家图书奖、中国图书奖、中国社会科学院优秀成果奖、全国优秀博士论文导师奖。以杨义为第一主编的《顾毓琇全集》16 卷，获第五届国家图书奖荣誉奖。

序　言

如果说，读文学只知流眼泪，会使人越读越糊涂；那么，读文学而能作哲思，就会使人越读越聪明了。哲思可以破除和穿越俗世中锱铢必较的缠绕，直抵宇宙人间之本真。因此，文学这盘大菜，是需要哲学这勺盐，才能滋味尽出的。

哲者思维，牵系着生命，由此形成了它的睿智而通透的品格。研究文学的人读书，脑筋应该比别人多一根弦，就是关注文字背后的人，关注人的生命存在。记得我曾经和上古史的一个研究会会长谈论如何“以礼解经”，破解《论语》编纂的启动过程，他拍案称妙，说你不但对材料随手拈来，而且材料一经过你的手，就有了魂。我说，这就是搞文学的人，把文学当“人学”，注意文字中生命的表达方式的缘故。史可以使文章有骨骼，文可以使文章有眼睛，文史融贯，哲思浮升，才有可能进入深层的生命内核。

理由无他，尽在乎文学对哲学最直接的激发点，是生命哲学。读文学而作哲思，只要思得灵动而深刻，往往容易使哲学带上生命的色彩。文思与哲思的结合处，需要生命给它们结上可拆解，又难以拆得开的神秘扣子。这本是中国智慧和思维的特长，文学的哲思推究原始，就联系着中国文化的根。生命哲学的使命，是以生命形态和生命过程作为关切重心，而展开哲学的叩问与思辨的。中国人从《周易》开始，就关心生命哲学。这部“天书”反反复复地告诉人们：“天地之大德曰生”，“生生之谓易”。它把自己称为《易》的本质，都交给“生生”了。生命的发生或存在，证明了天地的道德是非常广大的，因此有“大生”焉，有“广生”焉，二者是乾坤开阖运行的过程和效应。尤其是“生生”一语，它意味着生命接续生命，生命推动生命，生命更新生命，天地设位，而易行乎其中，成性存存，生生不息，从而将整个宇宙人间变成有机而充满活力的生命形态和生命过程。这个过程贯穿于文学，贯穿于人文，“人文化成”就是“生生”在精神文化上的体现。为了与中国文化智慧接续生命，在检阅近二十年来百余篇短文、答问和讲演文章的时候，我特意遴选一组文章，命名为《文学哲思录》。

孔夫子早就说过：“学而不思，则罔；思而不学，则殆。”文学所要做的，是在思之中，强化哲思。晋朝的陆云也曾说：“澄鉴博映，哲思惟文。”文学的哲思，就像澄明的镜子，映照广博的天地，荡漾着生命的光影。障碍存在于文学书写，往往把活泼泼的生命，转换为方方块块的文字，躺在纸面上，任我阅读，它却纹丝不动。令人不得不把卷兴叹：如果书能够在开卷时开口说话，那该有多好，书一开口就会向你倾诉那些被文字装饰或掩埋起来的生命的喜怒哀乐，直至精神深处细微的震颤。然而如庄子所说：“天地有大美而不言。”

可是庄子会做梦，要让生命在梦中发言，他由此成了先秦诸子中做梦做得最适意的第一人。他的梦中，翩翩然飞出了中国文学一群又一群的蝴蝶。在诸子中，庄子的祖师爷老子的《道德经》五千言，没有梦字。跟庄子同时代的孟子，他虽然姓孟（孟、梦同音），但是《孟子》三万四千字，一个梦字也没有。《论语》有一个梦字，就是《述而篇》孔子感叹："甚矣吾衰也，久矣吾不复梦见周公。"孔子做的是政治梦。庄子则不然，他最有名的梦是"蝴蝶梦"，《庄子 · 齐物论》说："昔者庄周梦为胡蝶，栩栩然胡蝶也，自喻适志与！不知周也。俄然觉，则蘧蘧然周也。不知周之梦为胡蝶与，胡蝶之梦为周与？周与胡蝶，则必有分矣。此之谓物化。"庄子总共写了十一个梦，他思考着，到底做梦的时候是真的呢，还是醒过来的时候是真的？这真实的分界，生命的分界在哪呢？庄子做的是生命体验的梦。他聪明伶俐到了有点发傻发怔：到底是庄周梦蝴蝶呢，还是蝴蝶梦庄周？万物就在这种如沐春风的境界中，相互化生着，化得你中有我，我中有你，实现了人与自然、人与人之间浩浩茫茫，四无涯际的生命交流。

庄子是以天真无邪的赤子之心，体验自然，激活自然的生命的。他"独与天地精神往来"，自得其乐地跟天地精神玩耍，又顽皮，又幽默，又反讽，玩得个如醉如痴，神魂颠倒。只要了解庄子出生在从楚国流亡到宋国的一个破落的贵族之家，寂寞地寓居在一个草木蒙茸的沼泽湿地，你就会明白，庄子与天地精神交融无间的思维方式从何而来。那不是从家门到校门凭着书本学得来的，而是河沟里的鱼、草丛里的蝴蝶、树林里的猴子教给他的。自小在河沟、草丛、深林中逛荡的童年记忆、体验和经历，影响了他终生的哲学、文学思维方式。由此，他在中国文学的发源处，创造了神思飞动、才华横溢的“诗化了的哲学，哲学化了的诗”。明代杂剧《霸亭秋》说：“一枕梦周公，周公不见了。庄生扑蝴蝶，蝴蝶吱吱叫。”庄子在这种诗化的哲学思维中，放飞的是生命“吱吱叫”的蝴蝶。因此，读文学书的人，懂一点生命哲学，强化自己的生命意识和生命感觉，无非是想在漫山遍野的文学森林中，捕捉回“庄生晓梦”中迷失了的哲学化了的“诗的蝴蝶”。

诗，是生命哲学的花朵；读文学而不知诗，就还没有接触到生命的内核。叔本华不是说过“艺术可以称为人生的花朵”吗？那么，我们就在庄生的蝶梦中，寻找“诗之华”吧。谁想到庄生这场晓梦，做了一千年，朦胧醒来已是盛唐，风光流转不息，诗风空前酣畅，文学领域繁花似锦。杜甫徘徊于长安曲江之一隅，欣赏着“穿花蛱蝶深深见，点水蜻蜓款款飞”。连同宋朝人擅长的《蝶恋花》词曲，也从唐代教坊中以《鹊踏枝》的乳名释放出来，又是谁家的蝴蝶在花丛间恋恋不舍地穿飞，惹得自称“且作白衣卿相，花前月下填词”的柳永也要“衣带渐宽终不悔，为伊消得人憔悴”了。

生命因诗而能开花，开花即是生命的精神实现。由于在生命哲学的维度上如此体验蝴蝶、花与诗，也就沟通庄子和李白，沟通他们的梦蝶和梦笔生花。李白的精神上承庄子，他们都是为生命哲学和诗的因缘而生的。中国文学中有了庄子和李白，使得诗的胸襟清新飘逸，千古畅快。李白也会做梦，他的“梦笔生花”，是中国古人对文学生命的一个寓言。在神奇的梦幻境界中，李白还忘不了他那支惊风雨、泣鬼神的诗笔，笔尖上竟然绽放出生命之花。五代王仁裕和李白相隔一二百年，但他写《开元天宝遗事》时，依然感受到太白诗风对后世的精神震撼，因而录下了梦笔生花的生命寓言："李太白少时，梦所用之笔头上生花，后天才赡逸，名闻天下。”短短二十三字，字数介于五绝和七绝诗之间，竟然使得这个生命寓言，穿行一千年风雨，对现代人的精神震撼历久犹存。

近人闻一多曾经为《清华年刊》作装饰画《梦笔生花》，古衣冠的李白烛下读书，倚案而眠，梦中笔头生出朵朵梅花，在烛光映照中上下盘旋。这幅装饰画，以明快而富于弹性的线条，把晚唐五代对谪仙诗人的想象，和近代清华学子对唐诗气象的心仪，融合在画的方寸和心的方寸之间。闻一多不仅心仪李白的生之“梦花”，而且神驰李白的死之“捉月”。他写下《李白之死》一诗，借用“李白捉月骑鲸而终”的传说，叩问着：“谁不知我是太白之精？我母亲没有在梦里会过长庚？”感叹着：“清寥的美！莹澈的美！宇宙为你而存吗？你为宇宙而在？”遐想着:“是一个绮丽的蓬莱底世界，被一层银色的梦轻轻地锁着在！”描绘着：龙烛已残，余焰将熄，李白醉眼蒙眬，猛然扑向烛架，在他的生命绝叫中迸射出来的就是少年梦中笔头开出的繁花。关于李白诗的生命哲学的寓言，不仅能够感动千古诗人，而且能够感动万古山川。安徽黄山散花坞有“梦笔生花”孤峰耸立，峰顶古松枝干蟠曲，如笔尖生花。相传李白从翰林赐金放还时，曾游黄山，仰天高吟：“黄山四千仞，三十二莲峰。丹崖夹石柱，菡萏金芙蓉。”惊动狮子林禅院长老酒肴相待，索题名句。李白恃酒命笔，然后拂袖掷笔，化成这座奇峰。诗性生命力是如此惊天动地，以奇峰作证，与日月争辉。这就是为何本书在第一辑“文学生命”之后，又编了第二辑“诗性情缘”的原因了。

文学的哲思来到了20世纪，在接纳西方近代思潮的过程中，文学自身实现了从古典到现代的转型。生命哲学也就随风潜入，以叔本华的玄思，尼采的张扬，弗洛伊德的纤敏，影响了不知多少作家的精神状态和表达方式。鲁迅谈到写作《故事新编》的缘起，说是“第一篇《补天》——原先题作《不周山》——还是一九二二年的冬天写成的。那时的意见，是想从古代和现代都采取题材，来做短篇小说，《不周山》便是取了‘女娲炼石补天’的神话，动手试作的第一篇。首先，是很认真的，虽然也不过取了弗罗特说来解释创造——人和文学的——的缘起”。奥地利精神病学家弗洛伊德的精神分析学说，将文学、艺术、哲学、宗教等精神现象，都看作人受压抑而潜藏在下意识里的“生命力”，特别是性欲的潜力所产生的。鲁迅1924年翻译日本厨川白村《苦闷的象征》，就是用弗洛伊德学说解释文学的，鲁迅在《引言》中说：“至于主旨，也极分明，用作者自己的话来说，就是‘生命力受了压抑而生的苦闷懊恼乃是文艺的根柢，而其表现法乃是广义的象征主义’。但是‘所谓象征主义者，决非单是前世纪末法兰西诗坛的一派所曾经标榜的主义，凡有一切文艺，古往今来，是无不在这样的意义上，用着象征主义的表现法的’。”这部译作，一经鲁迅用作大学讲义，遂在文学界造成了以生命哲学解释文学的浪潮。

鲁迅的《野草》所呈现的，是思想中的思想，文学中的文学。有了这部薄薄的《野草》集，就足以标示他对生命哲学的感觉，简直是旷世卓绝。他在文体上融合散文与诗，在功能上打通散文诗与哲学，其中似乎带有禅宗的机锋，却又潜伏着文明批判者的生命热力。禅宗、李长吉、尼采、波特莱尔、屠格涅夫，都消融在奇异的意象组构之中。他写梦、写死、写地狱，玄幻及于死火，细微及于落叶。这些都是只有思想的游丝、神经的末梢，才能达到的既荒远、又逼近的世界。捉住这些绝境、这些游丝和末梢，是艰难而痛苦的，但是它又会给你的“捉住”带来大欢喜。看见过诸多大欢喜，也看过了多少痴人说梦、妄人说死、判官说地狱，碎金散珠，星星点点，都是鲁迅从生命深处呕出来的哲学。鲁迅那支金不换的毛笔，犹如犀利的解剖刀，甚至是激光刀，是可以疗治“心灵眼睛的白内障”的。

在20世纪的生命哲学思潮中，不应该忘记“散步美学”的提倡者宗白华。他敏锐地指认出中国生命本体是“生动”，有别于西方哲学中的“运动”，认为“大自然中有一种不可思议的活力，推动无生界以入于有机界，从有机界以至于最高的生命、理性、情绪、感觉。这个活力是一切生命的源泉，也是一切‘美’的源泉”；又剔出“中国画的主题‘气韵生动’，就是‘生命的节奏'或'有节奏的生命'。伏羲画八卦，即是以最简单的线条结构表示宇宙万相的变化节奏。后来成为中国山水花鸟画的基本境界的老、庄思想及禅宗思想也不外乎于静观寂照中，求返于自己深心的心灵节奏，以体合宇宙内部的生命节奏"。宗白华懂得西方，但他更珍惜东方文化的生命感召。他反观着这"文化的自我"。

至于述及"文化的自我"的反观，这就要涉及本书的最后一辑"更上层楼"了。我们已经有了博士后制度，有了博士后导师，严密的科班训练使学问日趋专精，但是否磨锐了文化哲思的生命感觉？这是需要反观自省，以求淬炼出闪闪发光的创新能力，做到学术上"百尺竿头，更进一步"，或"百尺竿头，懂得转身"，使我们的文化智慧能够像庄子那样飞出蝴蝶，如李白那样绽开花朵。唯有如此，才可能在诗与哲学的对质和融合中，激发出生命的创造。如何激发生命？还是翻开《说文解字》吧，从文字的发生和构成上，窥探中国人的深层心理结构，也许能够得其精微。《说文解字》对生命解释得相当朴实："生，进也，象艸木生出土上。"既然我们拥有生命，就不应该任随它冷冻在心中，而要不断升温进取，哪怕像一根小草，不妨生长出土，给人类带来春天的喜悦。就如韩愈诗所云，尽管"草色遥看近却无"，却不妨趁着"天街小雨润如酥"的时节，给人们带来"最是一年春好处"的赏心悦目。

2014年4月3日

目 录
CONTENTS

第一辑　文学生命

第二辑　诗性情缘

第三辑 更上层楼

第一辑　文学生命

文学：生命的转喻
——2006年9月12日在圣彼得堡大学的讲演

能在圣彼得堡大学与老师同学们讨论文学，感到非常荣幸。圣彼得堡是一个影响了中国历史进程的城市，毛泽东主席说：十月革命一声炮响，给中国送来了马克思列宁主义。中国"五四"新文化运动也受俄国十月革命的影响，推动了中国文学的现代发展的进程。

中国是一个文明古国，留下文字记录的文学的历史已有三千多年。由于地域广阔，不同的地域的民间想象、文人写作和官方采编，给它的文学注入了不同的文化素质和艺术风格。在两三千年以前的早期作品中，《诗经》代表着诗的黄河，《楚辞》代表着诗的长江，折射和转喻着民族国家早期开发的精神历程。《诗经》中不少诗是从北方民间采集来的，携带着民间的风俗和性情，却在编选过程中向中原王朝的礼乐文明靠拢。《楚辞》主要是以屈原为代表的文人创作，保留了南方的许多神话想象、巫术仪式和歌咏体制，启发人们去关注和吸收更多原生态的民间文学形式。这是中国诗歌的一大幸事，在《诗经》上升为“经”的地位之后，又在经外有经，以《楚辞》的首篇为《离骚经》。如此两个源头或“双经体制”，就打破了仅有一个源头的封闭性，呈现了既面向文人书面传统、又面向民间口头传统的多维的开放性，使士大夫文人敢于想象民间也存在着经典的可能性的源头，“式以风骚，仰陪天籁”（李商隐语）。

中国文学在很早的时候就有了对外国开放的传统。早在公元前2世纪的汉朝，就开通了跨越沙漠和高山的丝绸之路。公元1世纪印度佛教和西域音乐内传，引起了中国文学结构和门类深刻而丰富的发展。佛教不仅是一种宗教信仰，而且是一种知识系统、思维方式和艺术形式。梵文的拼音方式，启发和磨锐了用惯方块字的中国人对语言音韵的敏感和驾驭语言音韵的能力，使精神高度自由的唐朝诗人可以在声情俱美的格律诗上，创造了中国诗歌的魅力永久的高峰。中国最杰出的诗人是公元8世纪盛唐时代的李白和杜甫。杜甫诗是黄河文明的产物，他把诗歌的格律体制锤炼得非常精密和富有表现力，字字是血地融入了深刻的历史意识和批判意识。李白出生在碎叶（今吉尔吉斯斯坦托克马克附近，当时是唐王朝安西都护府的西陲要塞），父亲是丝绸之路上的商人。李白五岁迁居四川，也是丝绸之路起点上的一个物资集散地，后来二十四岁到四十岁他都在长江流域漫游，连他的妹妹（月圆）、儿子（明月奴、颇黎）的名字都带有胡地的味道。因此李白诗中那种天马行空的想象，那种醉态淋漓的半神话性的生命体验，那种行云流水式的表达方式，都是长江文明和胡地文明的产物，或者说是借助这两种文明的气息改造黄河文明的诗歌的转喻性产物。盛唐文学的辉煌，是中国多地域、多民族的多元文明与外来文明意气风发地交融创造的结果。

从佛教的超自然的想象和深入世俗的宣讲仪式中，过滤、提炼和转化出小说叙事的形式，并与中国本土的历史叙事和世俗智慧相结合，开拓出自公元10世纪的宋朝以来在近千年间逐渐形成的小说强势，乃是中国文学走向民间，形成诗、文、小说鼎立格局的一项重大的创造。值得注意的是，物质传播媒介的变化给文学新格局的形成和拓展以强有力的支撑。公元7世纪的隋唐之际，中国出现了雕版印刷，到公元11世纪的宋朝，发明了活字印刷。随着城市商业的发展和市民阶层的形成，到了公元16世纪的明朝中叶，印刷术已经发达到了可以把不属于宗教信仰，也不是科举考试必读的小说书，转化成商品的程度。这一点很重要，它刺激了官僚体制之外的文人多方搜集说书人在市场上各显神通地表演的口头文学，提取精华，重新结构、发挥和创造，形成了明代最有影响力的四大奇书：《三国志演义》、《水浒传》、《西游记》和《金瓶梅》。这又反过来刺激了一批命运不佳，对社会、家族、人性感慨多端的文人，改造这种来自民间的小说形式来叙写自己忧患的内心，从而在17世纪末到18世纪，写出中国最精彩的文言短篇小说集《聊斋志异》和长篇白话小说《儒林外史》、《红楼梦》。文学的形式归根到底不是封闭自生的，它的媒介载体对它也有很大的制约作用，甚至左右着它的生产方式、传播方式，内而影响到它的结构形态和审美旨趣，外而影响到它的作者与读者的联系程度和可能。总之，对内的两个或多个源头，对外的开放性，以及科技物质媒介的多重推动，形成了中国文学发生和发展的合力机制。

在座的老师们、同学们多是学习和研究中国语言，以及文学、哲学和文化的同行。什么是我们的文学这一“行”呢？回答可以是多种多样的。比如说，中国人的文学观就出现过三次非常重大的变化。第一次是孔夫子把他的优秀门生分为四个门类，叫做“孔门四科”：德行，言语，政事，文学。这里的文学指的是文章、博学，文史哲混杂未分，是一种“杂文学观”。第二次是20世纪初年，中国人引进和接受了西方的文学观念，包括欧美和苏联的现实主义文学观，德国浪漫主义的民间文学观，以及注重文学性的形式主义文学观，使文学成为独立的学科，对之进行内在的意义、结构、规律和外在的文化联系的研究。这可以称为受西方影响的“纯文学观”。20世纪末至21世纪初，中国人的文学观发生了第三次极其深刻的变化，在经过一段时间的饥不择食地引进大量的西方文学批评思潮之后，人们发现，西方思潮能够给我们丰富的新鲜的启发，但它们与中国实际存在的文学经验和文学智慧存在着严重的、有时是根本性的错位。如果不加变通地把西方模式套在中国文学经验的头上，就有可能删掉了中国文学中不少核心的、精髓的，或精彩的部分。因此人们开始认识到，西方理论的所谓“世界性”是一种

“有缺陷的世界性”，中国学者有责任也有能力，从自己体验最真切的中国经验和中国智慧出发，对之进行分析、质疑、补充，直至开始自己的原创，从而与西方理论之间建立一种平等的、开放的、深度的良性对话关系。中国一些学者在此前的一段时间里不时地谈论文学批评的“失语症”，就透露了对于中西对话中不平等、不对称关系的焦虑。尤其是经济科技全球化的趋势，在加大文学、文化的国际交流的同时，也出现了对五彩缤纷的文化、文学的多样性进行“脱色处理”，这就使人们有责任为人类的文学保存更多一些色彩和精彩，维护文学发展的良性生态，追求一种具有多边动力的“复数的世界文学”。由此形成的文学观，是既吸取“纯文学观”的精密的文本分析，又吸取“杂文学观”对多学科知识的博学通观，同时又超越它们的封闭或芜杂，推动文学研究与文化多样性、现代性相结合的“大文学观”。“大文学观”的“大”，蕴涵着一种重要的文化哲学：能创始强，有容乃大。

大文学观的根据，在于作为人类精神文化形式之一的文学的原本存在形态和发展形态。文学并非无源之水、无本之木，而是一种根深叶茂、源远流长的人类生命创造和智慧表达的方式。它与人类生活和精神文化的其他方式，诸如艺术、宗教、风俗、制度，以及家常日用，衣食住行，生老病死，喜怒哀乐，甚至连喝酒、做梦等等，都息息相关。离开这些日常生活和精神文化的所谓文学，是单薄的、萎缩的、没有滋味和没有生命力的。文学自然有它的内在机制，有它的结构、要素、肌理、功能、节律和它们之间的相互关系，这些都有仔细分析、深入探讨的必要。但是同时也应该看到，这些内在的结构、功能之类及其相互关系，并非机械式组装而成：断指已非人指，因为它已失去了曾经贯注于其间的生命感觉。文学内在机制研究的意义，在于它以精密的分析指向人的生命感觉，在于阐明人的生命体验如何把外间社会的生活文化机制折射和转喻为文学的内在结构功能体制，并把它凝结在富有精神冲击力或审美魅力的形式之中。这就是说，文学是生命的转喻，以生命转喻作为根本点，向内联系着文学小文本的结构主义、形式主义或语言转向上的种种批评方式，向外联系着文学的考古学、地理学、民族学、文化学和图像学等等研究方向上的开拓。大文学观由此获得了对人类生命进行多维度的认知、体验、表达的本体论的说明。

新世纪以来，中国文学研究呈现多元竞存的状态，其中以大文学观主导下的研究，取得最有实质意义的进展。文学研究的地理维度、家族维度、民族维度、宗教维度、图像维度、音乐及其他艺术维度，都出现了一批立意新颖、根柢深厚的论著。中国人写文学史，在20世纪的一百年中写了一千六百部，学者在反思这些文学史的长短优劣中提出了“重绘中国文学地图”的重要命题。把“地图”这个比喻性的概念引入文学史研究领域，就在整体性上强化了文学的地理学、民族学、图像学等维度，以探索中国多地域、多民族、多文化层面的文化共同体的精神过程及其文化哲学启示。两年前，在苏州召开的一次国际青年汉学家会议上，我跟美国哈佛大学王德威教授有过一次谈话，他问我：最近在做点什么？我说，我在别人文学研究惯用的时间维度上，增加了一些空间维度。承蒙他告知，现在有不少西方学者也开始在做这件事情。我想说，空间和时间对于文学与文学研究同样重要，只有高度自觉地兼顾时间和空间以及它们的相互作用，才能在研究中还文学原来就有的完整的世界。

文学研究确实应该在新世纪强化对其生命隐喻的研究，以拓展研究的新时空了。一是要在文学的内在机制研究上，强化对深层的文化隐义的揭秘；二是要在文学研究的惯用的时间维度上，强化对丰富多彩的空间维度的拓展；三是要在文学发展的中心动力的基础上，强化对文学发展的“边缘活力”和多维合力机制的发掘。文学时空的这三项自觉的开拓，构成了大文学观对文学意义的新发现的几乎是无所不在的思维路线和学理坐标。这种思维路线的有效性，在藏族史诗《格萨尔王传》（蒙古族称《格斯尔可汗传》）的整理和研究上体现得非常充分。《格萨尔》这部流传千年的超大型史诗，除了一些简略的手抄本和刻印本之外，依然是在边疆民族民间演唱的活形态的史诗。但是在那些崇尚精英书面文学的文本分析的研究者心目中，这种史诗有资格作为光辉的一页进入中国文学史吗？汉民族由于实践理性精神成熟较早，许多神话传说失载，或在仪式化、历史化过程中被改造，在文字记录中呈现了非情节化的“碎金”状态，以致对中国文学有很深隔膜的德国哲学家黑格尔，断言中国没有史诗。然而当我们把眼光转向边远的民族民间空间的时候就会发现，中国拥有三大史诗，除了前述的《格萨尔》，还有蒙古族的史诗《江格尔》、柯尔克孜族的史诗《玛纳斯》，以及散布于南北少数民族地区的数以百计的神话传说、民族起源迁徙、英雄与战争的民间叙事诗。中国绝非史诗贫国，而是史诗富国，世界史诗分布的地图有必要为此重绘。

《格萨尔》史诗，据统计在六十万行以上，一些"神授艺人"本不会唱，在大病或大梦一场后，自称是格萨尔骏马踩死的青蛙转世，仿佛神灵附体，开口就能唱十几部、几十部。在艺人虔诚而迷狂的铺张渲染下，救世的英雄和降魔的战争被描绘得气势磅礴，善恶兼杂的世俗被调侃得穷形极相，高山神湖被赞颂得神圣尊严，人物在天国与人间出入无碍，既有激扬而舒缓的颂词，又有妙趣横生的俗谚，套语反复，韵散结合，口若悬河，声情并茂，展示了一幅幅神奇而绚丽的英雄史诗的巨大画卷，称得上是人类记忆、想象、表达的奇迹。这份丰厚的文化资源在发生学上质疑着史诗是否只能发生在人类文明的初期；在形态学上质疑着是否只有古希腊荷马的海洋城邦史诗、古印度的热带森林史诗，而可以忽略中国的高原史诗、草原史诗、山地史诗；在口头诗学和艺人学上，质疑着超大型史诗的表达形式和艺人记忆的极限。不可否认，质疑乃是创新的起点，是对新的学术空间和学术深度的叩门声。古人云："叩之以小者则小鸣，叩之以大者则大鸣。"学术创新不能闭门自处，而要叩开联络着不同学术空间的门户。门户一通，便会八面来风。

分析了大文学观的三项思维路线或学理坐标之后，我们还需要考察一下，这些路线或坐标是如何同大文学观的学理内核发生关联的。既然大文学观把文学视为“生命转喻”，那以这里的“生命”指向人，指向人的存在和实践，指向人的欲望、情感、精神意念和文化可能性；这里的“喻”指向文本，指向文本的表达和象征的形式，指向文本的结构、肌理、各种要素的功能和相互关系。关键在于那个“转”字，《庄子》说：“千转万变而不穷。”韩愈诗：“别肠车轮转，一日一万周。”佛教认为，依物之因缘而生起曰“转”，以生起即其物之转变，如《唯识论》所说：“有种种相转。”这里的“转”字，有发生、变化、转借、思虑的丰富含义，因此它在联结人之“生命”和文本之“喻”的时候，向人类文化的广阔领域转化出维度繁多的运转曲线，呼唤出人与文学之间的丰富复杂的中介。文学由此借助人文诸学科以及艺术诸分支，意味深长地窥探着人类智慧和审美感觉的深层联系。文学研究也由此开通地理、民族、风俗、宗教、艺术、科技、考古、图像等诸多渠道，把文学的小文本和文化的大文本相互参照，建立它们之间的互文性关系，以便分析它们深层的同构性和异构性，分析相似的审美感受如何在诸多文化层面之间和诸多文学艺术分支之间互相转借、变异、渗透和创新。这就是大文学观的一个学理内核、三座学理坐标和诸多中介曲线的运转机制。

2007年1月26日整理于北京

还原诸子，解码文化 DNA

［答《中国社会科学报》记者杨阳］ 由杨义提出的“还原诸子”的观点在学术界引起了极大关注和反响。何谓“还原”？已经离开我们两千余年的先秦诸子真的可以被还原吗？杨义回答了《中国社会科学报》记者提出的这些问题，从先秦诸子发生学的角度，畅谈了重新解读经典的意义。

深刻清理文化根脉

记者： 拜读了您近期发表的《〈庄子〉还原》一文，深受启发。您为什么要提出“还原诸子”这一全新的观点？这与当前的国学热有关系吗？

杨义： 可以说有一定的关系，但更重要的是我自身学术历程和对学术理解的结果。我认为，中华民族发展至今，我们需要一个契机来重新认识自身的文化，重新树立文化创造的信心，寻找我们文化精神的家园，这也是一次对中华文化根脉的深刻清理。还原诸子就是这样一个契机。近几年的国学热不是一种简单的思潮，也不是一个简单的时髦。目前，国学研究有了很大成绩，但是这里有泡沫，也有伪知识，需要我们警惕和反省。作为当代学者，我们有责任强调国学研究的“原创之深刻”，将之做得更加博大精深。

深化国学和还原诸子也是中国社会科学院对当前国学思潮的一种积极反映。一个时代有一个时代的学问。当今时代，我们需要的是市场化的国学，还是精深研究的国学，这是我们思考的核心。另外，就我本人的学术经历而言，我觉得还有空间来把诸子学做成一门真正原创性、有创造力的学问。

记者：之前您的研究贯通古今，兼及小说与诗歌，现在来研究先秦诸子，为什么会有这种转变？

杨义：这种转变其实是自然而然的，我原来研究的是中国现代文学，后来转而研究古典文学，不知不觉已有二十年。进入古典文学领域，我先从熟悉的小说着手，但是，要想真正了解中国文化，还必须研究中国的诗文。所以，我又研究了李杜诗学、楚辞诗学以及宋元时期包括少数民族在内的文学。这两年，我的精力主要都放在了研究先秦诸子上面。就这样，在明清、唐宋、魏晋、先秦分别“打了几个桩”之后，我又开始思考文学的整体观问题，进入对文学的整体研究当中。因为只有站在贯通古今、会通多域的角度上，才能揭示中华民族共同体的整个精神谱系是如何发生、如何形成以及如何变异的，从这个基础上来思考中华文化的生命力和包容性，思考国学的深层脉络及其精神内核，才是有理有据的。

传统是与现代对话的伙伴

记者：在诸子学研究方面，前人已经取得了巨大的成就，面对前人浩如烟海的研究著作，我们应当如何取舍？

杨义：以清代学者为例，他们研究学问有一种集大成的风范和功力，但我们也不必一味地“仰脖子”，有作为的学者应该看出他们的成就中也包含着弱点。首先，他们回避民族问题，不敢讲胡汉问题或者华夷问题，编撰《四库全书》的时候，乾隆皇帝曾下令改掉书中所有的“胡”字。李学勤先生曾和我交流过，他认为这是清人的禁区。其次，清人认为只有圣经贤传和正史才是可信的、有价值的，而民间市井的东西是很低级的，是不雅驯、不可信的，而且在价值观上是边缘化的。发现前人的弱点，就是发现今人可以开拓的空间。

记者：您认为我们在重视正史资料的同时，是不是还应该重视民间的观点？

杨义：是的。正史以它的官方意识形态来过滤材料，那些没有获得话语权的东西，就留在了民间，没有被记载下来，但是没有记载不意味着就不存在，它们一直在民间生长着，对整个民族文化的生成、发生起到了潜移默化的作用。做学问有必要在文献丰厚处着力，又要在文献空白处运思。老子不是说过，天地之间就像一个大风箱吗？我们应该把握着拉杆活塞或皮囊的实处，又使之反复运行于箱内的空虚处，这才能获得鼓风吹火的意义。民间的观点，在世代口耳相传的过程中，的确产生了一些添油加醋的成分，但它毕竟还有个底子在那儿，并非完全不可信。

记者：对，很多考古发现也都证实了这一点。

杨义：近百年来的考古发现，使我们看到了大量的前所未见的材料，这也预示着我们对祖先的认识将有可能超越前人。在当今中华民族全面振兴的背景下，我们要弄清楚中华文化的根脉，不能抱着一种完全颠覆的态度，也不能持一种完全崇拜的态度，而是要大大方方地、以大国的风度去面对自己的传统，把传统作为与现代对话的伙伴，使我们的现代性能够扎下根来。我们对诸子、六经的态度和过去也有所不同了，这就导致眼睛所看到的东西不一样了。

嫦娥与维纳斯孰美

记者：我认为与西方相比，我们的经典有其自身独特的文化属性，蕴含着祖先的非凡智慧与思维方式。

杨义：对。先秦诸子没有读过西方哲学史，他们也不了解柏拉图和亚里士多德的理论，所以我们还原诸子，先不要急于比附，先要了解其本质。他们生逢乱世，著书立言，是为了给国君提供一个应对乱世的方案，使乱归治，使所在的国家强盛起来；或叩问天地之道，为自己寻找安身立命的根据。由于没有多少前人的资源可以借鉴，他们必须把人类原始的生存智慧、原始的信仰和原始的风俗转化为思想，因而这种充满智慧的思想具有原型性，是古今相通的。今天，我们就是要还原这些经典，而不是要把中华文化的根脉连根拔起。

记者：我们要如何正视本民族的审美习惯及其背后的文化内涵呢？

杨义：西方的概念不可能完全涵盖我们的内容，就好像嫦娥，要是用维纳斯的标准去衡量，她必须要去做手术，把鼻子垫高，把霓裳羽衣脱下来，但是如果真的这么做了，她也就不是嫦娥了。一个民族有一个民族的美，嫦娥和维纳斯的美属于两种不同的类型，虽然可以相互借鉴，融合创新，但不能用一个民族去取代或抹掉另一个民族的美。我们应该为人类多留几份精彩，正是因为存在着这些差异，世界才会如此五彩斑斓、旖旎多姿。

我们把诸子作为还原研究，就是要通过先秦诸子学发生的过程，来感受一个血肉丰满的文化中国。从中华文化的深处，探究出中华民族共同体形成的真实血脉，所以，我们要动员文献学和考古学，运用文史哲、案头作业和田野作业、四库之学和四野之学等多种学问知识共同去研究诸子。

经典是一个民族的底气

记者：您认为，还原诸子或者说还原经典，在今天有哪些现实意义？

杨义：我认为，还原经典的意义主要是精神上的而非商业上的。首先，如果没有经典，人和动物的状态差不多，尊严与智慧无从谈起。每个人要了解本民族的经典，因为它们就是你内在的血脉、就是你的灵魂。在某种意义上说，阅读诸子，就是阅读“我们的心”。其次，文明要成为文明，也离不开经典。为什么中华文明博大精深，就是因为有这些经典的存在，文明才有了它的旗帜和崇高感。最后，经典使精神成为精神。有了这些经典，精神才得以升华，才能找到自己的归属感，才能找到自己的精神支柱和心灵的维系。经典就是一个民族的底气，没有了它们，人不会成为人，文明不会成为文明，精神也不会成为精神。

记者：我们在对经典进行重新阐释时，应该秉持一种怎样的态度？

杨义：一般来说，阐释经典主要有三种态度。第一种，崇古的态度。崇拜古人、崇拜圣人，当古人的奴隶，即所谓“注不驳经，疏不破注”。第二种，崇我的态度。用六经来注我，让古人当奴隶，它们只不过是随意的材料，这样也很难恢复我们民族的根基。第三种，就是对话的态度，强调有根底、知彼此、重创造。这也正是我们所提倡的，以这种态度对经典进行实事求是的还原，考察它的发生学、形态学，及其每一个文化因素的由来。古人的创造不能代替我们的创造，但是也不能用我们的创造去曲解古人的创造，要采取一种平等对话的态度。这种态度也是一种阐释文化的姿态，在这样一种姿态下，去考察先秦诸子的发生原因、学术形态以及智慧方式。

记者：如何才能做到真实的还原和阐释？

杨义：从阐释学的角度来讲，我们不可能完全还原到诸子当时的状态，这远比复原一件残破的陶器要难得多，但是，我们必须要朝这个方向走。阐释的过程是对话，阐释的结果是一种合金。不是要封闭地回到古人那里，也不是空泛地赶个时髦，而是要在融合之中，产生出一种新的深刻。可以说，这是一种新的思想高度，是把古人和今人的智慧合在一起，在互相较量、互相克服、互相碰撞、互相融合的过程中，激发出来的一种新的智慧。

因此，要进行这种对话，我们就需要有两个维度，西方人重分析，但是他们缺了一个东西，就是感悟。将分析式的阐释和感悟式的阐释加在一起，才能够揭示古人的生命，才能把文化的碎片黏合成一条绵延不绝的血脉。古人留下的财富是他们生命的痕迹，我们要把他们的DNA采出来，让他们复活，分析其体系，感悟其生命，做到两个维度的交叉。这样才能还原得实事求是、有血有肉。

家族文化基因揭开千古之谜

记者：请您具体谈谈您是如何去还原诸子的。在还原的过程中，您有哪些体会？

杨义：还原诸子，我觉得可以从五条“脉络”入手，分别是家族脉络、地理脉络、诸子游历的脉络、年代沿革的脉络以及诸子的编辑学。家族脉络，即血缘脉络。诸子生命的生成和诸子的家族文化基因存在着深刻的关系，为什么会形成这样或那样不同的生存状态，就是因为他们有着不同的家族渊源。

以往研究哲学和朴学的人往往忽视了一个问题——诸子思想发生的根源是什么？过去也有些记载姓氏谱系的书，讲到庄子是楚庄王的后代，但仅此而已，没有再深入下去。考证不是为了填一张表格，我们不是人事科长，我们是人文学者，祖宗根脉的考得不是终点，而是起点，要由此探索他们著作中的生命痕迹、解码文化的DNA。我觉得，研究文学的人去考察历史，比研究考古的人更重体温、更重人的考释。考古学家关注的是器物本身，而我们则关注这个器物是谁做的，他为什么要这样做。

记者：很想听您讲一讲您是怎样从家族的脉络入手来还原庄子的。

杨义：庄子的身世一直存在诸多疑问。比方说，他在宋国只是个漆园吏，为什么楚威王会请他去做卿相？作为一个穷人，为什么有那么高的文化修养？“其学无所不窥”，文章充满奇思妙想，卓尔不群，当时“学在官府”，普通百姓是没有机会受教育的；他是个小吏，为什么却可以和魏国的王侯将相、宋国士大夫对话？……想要解释这些千古之谜，首先就要了解先秦的姓氏制度、家族制度。

战国以前的姓氏制度和秦汉以后不同，当时有以地名得姓、以封号得姓、以谥号得姓、以职务得姓等多种情况。据《史记》记载，楚威王时期的将军庄蹻是楚庄王之苗裔，印证了庄姓得自于楚庄王的谥号，可见，庄子也是楚庄王疏远的后代，只是后来在残酷的政治事件中，庄子的祖辈受到迫害，逃到宋国，所以庄子出生在宋国。时隔多年，楚威王想重新召回当年的一些公族的后代为国家效力，就想到了庄子，但是，庄子却以一句“子独不见郊祭之牺牛乎”拒绝了楚威王。他说，与其回去当一头祭祀用的牛，还不如做一只在泥地里爬的乌龟，话语中包含了对家族历史的痛苦体验。

记者：在庄子的作品中，我们也能找到他和楚国之间千丝万缕的联系，是吗？

杨义：是的。庄子的散文中经常会出现一些楚国的方言和习俗。比如，楚人崇凤，庄子曾自比为凤凰；“混沌”是楚人的信仰；“倏忽”则是楚国的方言；庄子的老婆死后，庄子鼓盆而歌，这是楚国的丧葬风俗，现在南方的一些地区还保持着这种习俗。孟子曾说，丧事和祭祀的仪式是不能随便改的，跟鬼神交通，要按照老祖宗的规矩来办，所以身在宋国的庄子依然保持楚国的风俗。诸子善于从原始信仰和风俗，发掘和创造性地转化出原型的思想。

庄子对自然万物有着超乎常人的敏感和想象力，林中之鸟，水中之鱼，都是他观照的对象。他把蜗牛的两只角想象成是两国打仗，伤亡惨重，伏尸数万，这些都是孩子似的神奇想象。在庄子的文字中，我们似乎可以看到一个孤独的流亡贵族少年的身影，徘徊在山川林野间，独与天地精神相往来。

记者：除了庄子之外，类似的例子还有吗？

杨义：还有一个突出人物就是孙武，他到吴国时才三十多岁，没有过打仗的记录，但是他写的《孙子兵法》竟然成为千古兵家的圣典，奥妙在哪儿？答案就是他的家族渊源。孙武本是田氏家族的，后来，其祖父打了胜仗，被赐姓孙。孙武的伯祖父是司马穰苴，是个大将军，兵书《司马兵法》挂上他的名号，也是因为立了军功，以大司马的职官得姓。在这种背景下，孙武从小耳濡目染，所以年纪轻轻就写出《孙子兵法》这部奇书。司马穰苴诛杀齐国一个违犯军纪的宠臣，称说“将在军，君命有所不受”，孙武诛杀吴王两个把练兵当儿戏的宠姬，也说同样的理由。这分别见于《史记》卷六十四《司马穰苴列传》，以及卷六十五《孙子列传》。这不是由于司马迁用语重复，而是因为孙武和司马穰苴是一个家族的，本来都姓田，只是后来各自改了姓，所以之前没有人把他们联系到一起。

地缘文化给老子、荀子、孟子的学说带上南腔北调

记者：春秋战国之际，学术百家争鸣，诸子的学说各成一家之言，即便同是一个学派，其思想观点也不尽相同，请问这与诸子各自所处的不同的地理环境有关吗？

杨义：人类与地理存在着天然的地缘关系，先秦时各个方国的文化景观和地理文化特征造就了诸子思想的独特性，也为文学与地理的有机融合提供了佐证。像老子和庄子同为南方文学的代表，都是楚国人的创造，代表了楚国的文化，但是老子和庄子的思想却不尽相同，这和他们的身世和生活的地理环境的差异有很大关系。

老子生活在陈楚交界地区，这里是楚国政治力量很薄弱

的地方，社会结构非常松散，所以当时在今河南和安徽交界的鹿邑地区还存在着一些母系氏族部落，过着小国寡民的生活，没有战争的硝烟，人民生活得既平静又满足，老死不相往来，老子的小国寡民思想也正源于此。先秦诸子中，唯有老子存在着女性主义思想，他曾说："谷神不死，是谓玄牝。玄牝之门，是谓天地根。"老子的女性思想如何而来？我认为，他很可能就出生在一个母系氏族的部落里，因为有关老子姓氏的记载恰恰都体现了母系氏族的姓氏制度的特征。

记者：荀子的儒学带有法家的色彩，这也是由地缘文化的差异造成的吗？

杨义：对。荀子在邯郸学的儒学，他的儒学是赵国的儒学，这和鲁国的经典儒学有着明显的区别，带有向法家过渡的状态，这也是为什么荀子的弟子后来都成了法家的原因。荀子的儒学体系有着鲜明的地域色彩，其形成过程和赵国的政治形势和文化体系密不可分。还在荀子十几岁的时候，赵武灵王进行了"胡服骑射"的改革，改变服饰，改变军队的组织形式，大规模的马仗即从这时开始。赵武灵王这种不法先王法后王的做法实际上就是非儒的。荀子的祖辈很多都是将军，所以荀子并不否定秦国尚武，只是认为秦国缺了点儒。在这种背景下形成的荀子儒学，虽然还是儒学，却已经是赵国化的儒学。可以说，荀子把儒学做大的同时也把儒学做变味了。荀子将儒学体系化、实践化了，使之成为可以应对挑战、有实用性的北方之学。

记者：先秦诸子往往都有丰富的游学经历，这在他们的作品中也有所体现吗？

杨义：家族的迁移、人才的流动和客卿制度对民族共同体的形成产生了很大作用，研究先秦诸子，必须要看到地域和人才流动的问题，弄清楚地理脉络很重要。士阶层的流动，使中华文化在无形之中产生了融合，诸子流动的过程实际上也就是诸子学派逐渐形成和突出的过程。诸子在游历中不断地增长见识、积累经验。像孟子著名的《齐人有一妻一妾》讲的虽然是齐国的故事，但"齐人"的人物原型却是源于其在邹国或鲁国的生活体验。孟子从小生活在邹鲁之地，和母亲曾经住在坟墓的旁边，他看到过有人讨要祭品的情景，后来到了齐国他又看到一些人在拍马屁、走门路、升官发财之后，对自己的妻妾摆谱的现象，这是孟子把邹鲁的生活素材和齐国的生活体验结合在一起写成的故事。

《吕览》纪年中隐藏惊天大秘密

记者：《吕氏春秋》内容驳杂，是一部杂家的巨著，但是当时适逢战乱，秦国内忧外患，吕不韦为什么要如此不合时宜地著书立言呢？

杨义：战国末年，吕不韦不惜重金供养三千门客为其编写《吕氏春秋》，在秦国对外战争、内部政治都异常紧张的局势下编一本杂家之书，若说没有个人的如意算盘，那是不可思议的。吕不韦是个精明的生意人，凡事都讲高回报，甚至超级回报，他也是战国时期要银子要得最出彩的人，为什么会这么做？

我们可以从《吕氏春秋》的纪年情况看出编者的真实用心。据记载，《吕氏春秋》写成于“维秦八年，岁在涒滩”。汉高诱注，维秦八年，即秦王政八年。后来大多数的学者都沿袭这个说法。但是“岁在涒滩”是在申年，申年是秦王嬴政六年，而不是八年，这显然是个错误。清代学者也发现了这个问题，却只是提出质疑，做出校正，没有想到更深层的意义。

记者：那么我们应该如何理解这个明显的“笔误”呢？

杨义：其实，《吕氏春秋》的年代不是按照秦王嬴政的纪年来编的，而是向前推了两年，即秦始皇的父亲执政的最后两年。当时，吕不韦任丞相，并灭了周，周的纪年从此断了，而《吕氏春秋》将自己主谋灭周的时间作为秦纪年的开端，吕不韦居功拿大的不臣野心昭然若揭。

秦王嬴政十三岁登基，仲父吕不韦大权在握，他编撰《吕氏春秋》的时候，就已然看到秦国有朝一日会一统天下，为了将来能够坐拥朝政，做一个建国大典，吕不韦殚精竭虑，不惜时机地为自己统一六国制造舆论。儒家、墨家都是“非兵”的，吕不韦却提出“义兵说”，称颂“义兵之为天下良药也亦大矣”，他最推崇商汤周武的“征不道”，他还推崇齐桓公、晋文公。吕不韦在咸阳的宫门前竖一块板子，号称增删一字者，赏千金。他这么做不是给门客们做面子，而是给将来的皇朝大典做面子。战国时期，最会做广告的就是吕不韦，他追求的是广告效应。

古今应互通智慧

记者：《论语》记载了大量的孔子的言行，是儒家学派最重要的著作，早在汉代就被奉为经典，但是它到底是由什么人编辑的，却一直争论不休，您能谈谈您的观点吗？

杨义：关于《论语》的编撰问题一直都存在争议，如果按照宋儒的说法，是曾子的弟子们编的，有很多问题就无法解释。比如，为什么颜回和子路有那么多鲜活的材料？为什么“四科十哲”中没有曾子？其实，《论语》曾经过两次重大编撰，一次是仲弓等人负责编撰，一次是曾子的弟子编撰；一个是汉儒的源头，一个是宋儒的源头。中国这两个最重要的儒学流派，其不同之处，在编撰《论语》时就已然初露端倪。

记者：今天我们该如何看待这部经典，又该如何评价孔子？

杨义：围绕孔子的评价问题，有各种各样的说法。“天不生仲尼，万古如长夜”，这是一种；“其流毒诚不减于洪水猛兽”，这是又一种。此外还有第三种、第四种，不一而足。把握世界的文化姿态不同，必然导致被把握到的世界的不同。就好像一桩姑妄言之的苏东坡与佛印公案所说，佛印看东坡坐姿像一尊佛，东坡却把佛印坐姿嘲弄为“一堆牛粪”，从禅宗的“心中有佛则众生皆佛，心中有屎则众生皆屎”来看，恰好证明东坡心中有牛粪。这是禅宗的“垢净观”。其实，人的心理结构是复杂而且不断发展变化的，“心中有”不等于“心中皆是”，超凡入圣的纯粹佛光和万恶不赦的纯粹屎橛，是很难见到的，对复杂人生的考察应有多层次、多维度、多情境的历史理性意识。

记者：您认为祖先留给我们的精神财富对当代最重要的启示是什么？

杨义：以往的历史观多是一维的，从汉到清，绵延两千年，都在崇圣，都仰着头看圣人；到了民国，又以疑古为尚，以为喊着“打倒孔家店”就行了。单维态度容易造声势，但我们现在更需要的是多维、动态、开放、创新的文化态度，还原中讲究创新，同情中知所超越，将文化遗产梳理出脉络和生趣。我的历史观是不要古今互相埋怨，而是要古今互通智慧，还古人以他应有的伟大，同时给现代人以充分的创造性的空间。孔子做了他那个时代应做的事情，他的思想是伟大的，也代表着当时的最高水平。但是，现在的形势已经变化了，孔子毕竟未曾经历全球化和现代化，也没有遭遇过金融危机，现在的我们如果没有新的思维和新的实践，没有创造空间和创造欲望，又何以面对千古文明、大千世界、万里鹏程？

（原载《中国社会科学报》2009 年 8 月 20 日）

［答《珠海特区报》记者陈素璧］杨义撰写的“先秦诸子还原四书”：《老子还原》、《庄子还原》、《墨子还原》、《韩非子还原》，总字数九十二万字，2011年3月由中华书局同时出版。藉四部论著的出版，杨义提出的“还原诸子”的观点在学术界引起了极大关注和反响。何谓“还原”？先秦诸子可以被还原吗?

4月12日，杨义在澳门大学回答了前来采访的《珠海特区报》“文化周刊”记者的提问，认为还原诸子经典的本义，还原诸子思想发生的生命性和过程性，还原中国文化完整的而不是碎片化的生命过程，以在此“三还原”中，走向沟通诸子与今人生活时代的大文化观。

研究诸子就是研究我们的原本

记者：您的研究堪称贯通古今，但从最先研究中国现代文学史，到后来转而研究先秦诸子，是什么原因促使您有这种“转向”？您为什么要研究先秦诸子?

杨义：为什么要研究先秦诸子呢?先秦时期是中国思想大规模原创的大时代，是中国思想的创世纪的大时代。诸子百家在一个大变动、大动荡的岁月，展示了中华民族伟大的思想创造的能力，铸就了中华民族世代延续的文化基因。因此研究先秦诸子，在某种意义上，就是研究我们的原本，就是研究我们的文化DNA。

诸子离我们很远，又离我们很近，他们的个体（肉体）生命已经成为尘埃，他们的文化生命却已经成为我们的血液。研究诸子，就是研究我们自己，研究我们的文化DNA，研究“内在的自我”。研究他们活动的那个先秦时代，就是研究我们这个民族共同体的思想文化是如何凿破鸿蒙、开天辟地的。

“三还原”解码文化 DNA

记者： **您此次出版的四本论著的书名前都有“还原”二字，您为什么要还原他们呢？距离我们已经两千多年的先秦诸子真的能被还原吗？**

杨义： 为什么要对他们进行还原研究呢？因为诸子学已经是一门非常高深的国学。两千年来，尤其清朝和民国以来，已经取得丰厚的建树。我们应该系统地清理和掌握前人的成果，同时应该对他们思想方法的长处和局限进行深度的反思。清代的诸子学重在文献考据，民国学术重在疑古创新，但考据方法未能突破以经学为中心，忽视民族、民间问题，难以接触诸子的真性情、真生命，疑古过头造成满目伪书，相当程度地使传统碎片化了。

为什么叫还原呢？诸子的东西还能还原吗？我们两千年来诸子学本身是一个很大的学问，做研究工作如果要是炒冷饭就没有价值，做研究首先要重视创造性。我们的还原，是要在文本、生命、文献、传统、民俗、考古等各种学术维度的交相映照中，破解诸子研究中的种种疑云或千古之谜，还原诸子的生命过程，还原诸子的文化DNA发生的根据，进而还原中华民族文化共同体的发生发展完整的、而不是碎片化的过程。

记者: 您是如何“还原”先秦诸子的呢?

杨义: 从阐释学的角度来讲，我们不可能完全还原到诸子当时的状态，这远比复原一件残破的陶器要难得多，但是，我们必须要朝这个方向走。古人留下的财富是他们生命的痕迹，我们要把他们的DNA采出来，让他们复活，分析其体系，感悟其生命。诸子还原是对清代和民国学术进行深刻的方法论反思，采用全息性的多重证据和对话思维还原诸子经典的本义，还原诸子思想发生的生命性和过程性，还原中国文化完整的、而不是碎片化的生命过程。在此“三还原”中，走向沟通诸子与今人生活时代的大文化观。

我认为，诸子生命的生成和诸子的家族文化基因存在着深刻的关系，为什么会形成这样或那样不同的生存状态，就是因为他们有着不同的家族渊源。以往研究哲学和朴学的人往往忽视了一个问题：诸子思想发生的根源是什么。过去也有些记载姓氏谱系的书，讲到庄子是楚庄王的后代，但仅此而已，没有再深入下去。祖宗根脉的考据不是终点，而是起点，要由此探索他们著作中的生命痕迹，解码文化的DNA。因此，还原诸子，我觉得可以从五条“脉络”入手，分别是家族脉络、地理脉络、诸子游历的脉络、年代沿革的脉络以及诸子的编辑学。家族脉络，即血缘脉络。

还原“孔子问礼老子”

记者：根据您的还原，孔子有没有向老子问礼？

杨义：孔子向老子问礼一事引起古今学术界之广泛争议。唐宋以后儒生以此事有损孔子形象、有碍道统纯粹的原因，力证并无此事；近世学者梁启超、冯友兰、范文澜等人的论著中均以老子生于孔子之后诸理由，指出并无“问礼”之事。

我认为，孔子适周问礼需要满足三个条件：一是孔子有时间，需要结合孔子活动去寻找适周的合适时间；二是南宫敬叔能够随行，《史记·孔子世家》记南宫敬叔随侍孔子适周问礼；三是这一年发生日食，因为《礼记·曾子问》明确记载此年发生日食。依据现有典籍确定大致范围，按“史”索骥，考得鲁昭公三十一年（公元前511年），为孔子问礼成行的条件，还有问礼期间的行为和对话。此年孔子四十一岁，南宫敬叔二十岁，该年“十有二月辛亥朔，日有食之”。我认为具体时间一旦确定，便有力驳斥了问礼一事不存在的谬说。结合具体时间再来看后世的记载，其谬误产生的原因亦一目了然。史料错杂抵牾，使疑古派陷入误区之中；孔学日渐兴盛，在成为主流意识形态之后，难免会有人出于尊孔目的而质疑问礼一事。

记者：学术界对老子的年龄和家世争议纷纷，您“还原”出其结果是什么？

杨义：《史记》说：“老子之子名宗，宗为魏将，封于段干。宗子注，注子宫，宫玄孙假，假仕于汉孝文帝。而假之子解为胶西王卬太傅，因家于齐焉。”老子比孔子年长，为何孔子家族到十三代才传到汉景帝时，而老子只需要八代就可传到？这很可能李宗并非老子之子，而是老子的三代、或四代孙，为了借老子更多的光，夸口老子超级长寿，自言是老子的儿子，把这当作自己从深山野岭里走出来当将军的一份资本。若不然，既然说老子“不知所终”，为何又说“盖老子百有六十余岁，或言二百余岁，以其修道而养寿也”？这只能是李宗编造的神话。老子讲“长生久视”，他的后人和门徒就以他本人作为“长生久视”的标本，《史记》在老子“不知所终”和“李宗出为魏将”之间，插入老子“百有六十余岁，或言二百余岁”，乃是一种春秋笔法。

（原载《珠海特区报》2011 年 4 月 17 日）

清学“三弊”

——答《中华读书报》特约记者计亚男、柳霞

记者：杨先生从研究现代文学转向对古典文学的研究，近时又有关于先秦诸子发生学的著述问世，在传统文化领域耕耘多年。作为一名资深学者，您如何看待最近这些年兴起的国学热？

杨义：国学是民族学术的综合文化体，是民族文化血脉相承的旗帜。以“国”称“学”，我们应该对之持有一份亲切而尊重，敬畏而开新的文化自觉，把它做新、做强，与我们这个伟大民族的现代发展相称。

一百年来，国学从晚清到民国初年，章太炎、梁启超都在谈国学。现在我们也在谈国学。但是，我们的文化姿态已经发生了变化。在20世纪初国人讲国学是一种保守的姿态。国学本身就是中西文化碰撞后产生的。当时的国学反映的是忧国忧民的一种思虑，是国人对自己文化的坚持和反思，是在西方思潮冲击下产生的文化反思中的应变和求变。

不同于前者的是，21世纪的国学思潮是在全球化趋势和一个东方文明古国全面复兴的背景中出现的，是文化自尊、自立、自新、自强的一种姿态。同样一个名词，我们却发现历史不是重蹈覆辙，而是走上新台阶。对国人来讲，国学是在全球化背景中的一张崭新的、有品位的文化身份证，是我们寻找精神归宿的、自信的、有趣味的精神家园。对人类来讲，我们应该点化和提升东方智慧，为当代世界贡献自己的思想、自己的创造。因此，我们应该建立一种现代形态的大国学。渊渊乎其若海纳百川，巍巍乎其若昆仑横空出世，荡荡乎其通于五洲四海，斯之为大也。

我想讲一讲最近想到的“三字诀”原则，就是“从、比、化”三个字。我们在文化上应该走出狂热的“从西”和迟暮的“从古”的姿态，走出“从”字而采取“比”字，如《说文解字》所说“二人为从，反从为比”，采取与世界民族比肩而立，比较进取，比比创新的姿态。不是有个词语叫“比比皆是”吗？“比比”就是多，就是采取开放兼容的态度博采广纳，以资创新。首先要在深度开发本土核心的经验、智慧和血脉的基础上站稳脚跟，同时放开眼光，敞开胸怀，接纳世界人类的文明成果和文化精华。文字学上还有一个“倒从为化”的说法，就是“从”字右面的“人”字倒过来，就成了“化”字，原来的事物翻一个筋斗就进入化境。比如外来的佛教翻一个筋斗成为禅宗，它也就成了国学的一部分，而且以中国思维方式影响东亚，影响世界。因此，无论对传统文明、还是外来文明的成果，中国语义学上相互关联的从、比、化三个思维程序都是饶有深意的，从以深入，比而对话，化出新创。这也是我们国学研究中，应该综合使用的“三字诀”思维程序，由此推进我们大国学的现代形态的建立。

记者：我们看到，在国学热的同时，也有一些令大众质疑和唏嘘的事情发生。在国学传播中，存在良莠不齐的现象，对此，我们应该如何看待？

杨义：我们现在讲国学，是在市场经济和高科技环境下来讲的。国学传播就是要让国学走向广大民众。我认为，文化的建设有两个东西很重要：一个是原创性，一个是共享性。原创性是共享性的灵魂，共享性是原创性的基础，二者应该相互促进，浑融一体。

在共享性方面，媒体教育以及各种各样的制度起到很大作用，应该精心规划，广泛调查，选择好能够发亮的话题，以及研究有素、又长于表达的讲述者，让民众共享文化创造和国学智慧的喜悦。不然的话，我们的文化就可能出现脱层的问题：在价值层面，讲的时候有很大的道理，但是做的时候却略显低俗；在学理层面，不是说没有精深的研究，而是说某些脱离精深研究的耍嘴皮子备受青睐。这就提醒我们，在传播国学过分讲究点击率和收视率的时候，要注意防止肤浅化。我们有必要时时自省，现在“热”有无虚热的成分？通过大众传媒的“国学”里面真货色到底有多少？有多少东西是兑的口水？我们要注意，国学传播水平既反映了我们这个民族的精神档次，也模塑着我们这个民族的精神档次。不要给人一种误解，原来国学是那么肤浅，那么满是噱头。

既然要认认真真地讲国学，我们对于中国历代学术，尤其是清代以来的学术，就有必要重新审视。我们传统学术不仅有汉学和宋学，其实还有明学和清学。明学有通俗化、市场化的特点，但是清人不以为然，认为明学束书不观、游谈无根。明人、清人各有偏重，虽然成就有丰歉，却也各有特点。清代学术教人如何读懂经典文字，如何辨别古书真伪，如何整理古书的版本，直至晚清教人如何进入边疆史地，都做了许多前代无法比拟的坚实功夫。王国维认为清初学术的特点就是“大”，乾嘉的特点是“精”，道咸以后是“新”。特点各殊，长短互异，范式已变，清学留给我们的不是单一的学术形态和学术标准。我们研究国学，自然也可以有不同的学术方式，学术的大忌在于把人们丰富多彩的创造力封闭在陈陈相因的家数之中。

对于历代的学术，尤其是清代学术和民国学术，考究源流，追踪盛衰，比较长短，辨析利弊，可以从中寻找出当代国学的许多原创点、立足点和出发点，提供很多资源和思路。这都是要认真吸收和清理的。只有在吸收、清理和反思的过程中，我们的原创才是有根基的原创。

记者：您刚才谈到了要从清代以来的学术研究中，寻找新的学术生长点，从而为学术原创提供新的立足点。能否具体谈一下思路？

杨义：中国作为一个现代大国，理所当然地会提出这么一个历史性的命题，就是我们需要用世界视野和现代意识来反省和重构我们的学术传统，思考如何从创造性地超越历代的学术，尤其是清代和民国学术中走出一个新的境界，把学术推向一个创新的空间。我们能不能做到这点？这是对当代学术的文化姿态和创造能力的一场大考试，就看我们交出的是一份猥猥琐琐的答卷呢，还是一份意气风发的开拓者答卷。过去存在着一种习惯性的文化姿态，就是对清人都是仰着脖子的，尤其对乾嘉诸老，把脖子都仰酸了。学术需要有一点敬畏心，但这种敬畏心是双向的，既要敬畏前人的学术造诣，给我们树立一个高深的标准；又要敬畏自身的学术责任，给我们开拓一代新学术输入充沛的元气和内在动力。对自己也知敬畏的人，才是真正的人。由于这种“双向的敬畏心”，我们应该看到清人在达到学术最好的时候，已经埋下了学术思维的根本性局限和弱点。一只手的五个指头都有三个长、两个短，一代学术又怎能没有三个长、两个短呢？不要把自己的思维弄倒筋了。由此可知，解放思想的命题，还有进一步深刻化的必要。看不到前人的弱点就看不到自己的原创空间，就可能削弱和失去我们作为一个称职的当代研究者的资格。

记者：在您眼中，清学的短是指哪些呢？

杨义：平心而论，清人弱点起码有三条，可以概括为清学“三弊”。

第一，是不敢讲民族问题，民族问题长期是清代学术的禁区。因为当时是少数民族入主中原，文字狱阴影浓重，言华夷之辨者可能招致诬陷株连，甚至剖棺断尸。编纂四库全书时，“胡”字都要全部删掉，如何敢讲民族问题？一时间，关系到国家荦荦大端的民族问题无人敢讲。这就给我们研究古代典籍，留下了巨大的空间。例如《左传》如果仅从文字考证，或现在从叙事学角度来研究，是略有训练的人都可以做的学问。但是《左传》的一个根本问题是中华民族这个共同体是怎么形成的，这就少见有人进行全面的清理。这里面涉及列国兴亡、部族兼并、家族姓氏、士人流动、客卿制度、学派纷争、战争与外交等一系列的问题。举例而言，商末周族的泰伯奔荆蛮而开吴，是华夏变蛮夷；吴通中原，并迅速称霸，是蛮夷变华夏。这是中华民族共同体形成过程中，华夏与蛮夷互融互化的一个典型。司马迁的《史记》列《吴泰伯世家》为三十“世家”第一，是潜伏着中华民族大一统的世界观的。吴公子季札到鲁国听《诗三百》的音乐，此时孔子才八岁，为什么被视为蛮夷的吴国能出现这样的人才？通解了这一关键，就会明白吴通中原不仅是政治外交上通中原，而且非常内在地隐含着文化上通中原。

还可谈一个例子。公元前655年，晋国发生争太子之位的斗争，原因在于骊姬乱政。骊姬本来出自陕西骊山一带的戎族，少数民族本来就有妇女参政的传统。那么，太子申生为什么不听劝告，不学商末周族的泰伯让位而出奔？他恪守周公礼制，精神状态与泰伯有什么不同？出奔的倒是公子重耳，被迫出逃到狄国。《左传》记载，说重耳在狄娶狄女生子，“处狄十二年而行”。要知道，与重耳一道出逃的舅父狐氏也是戎狄之后，重耳是周族与少数民族的混血儿。而狄国是北方少数民族统治的一个国家。因为汉族和少数民族有着不尽相同的政治制度和邦交制度，混血儿重耳在这里又重缔政治联姻关系，可以得到在其他国家得不到的庇护。可以看到，春秋战国时期，中原各国和边疆少数民族有着千丝万缕的联系。那么，为什么重耳出奔，不能够像泰伯开创吴国那样，在狄地开拓一个世代相传的国家，却在其后又流亡于卫、齐、曹、宋、郑、楚等国家，最后才由秦国派军队护送他回晋国即位呢？这同周初分封诸侯以前的政治空间，与春秋列国兼并时的政治空间的差异，存在着什么关系呢？重耳十九年流亡所锤炼出来的意志、阅历、能力和对列国政治关系的理解，对他称霸中原，又有什么因果关联呢？如此这般的深入研究，可以为研究当时各国的政治史、各民族的融合史以及家族史提供有力的佐证，并从中华民族共同体的角度拓展一个以往学术未能展开的新的国学研究的空间。我正在指导一位古典文学博士后学者从这个角度研究《左传》，并取得了新鲜的进展。

第二，是民间问题。清人心目中只有四库之学，只有经史之学才是学问，对于四野之学，比如民间的东西、口传的东西或者野史志异的东西算不了学问。如果敦煌石窟文献是在乾隆年间发现，到底能有多少进入四库全书都很难说。清人对此注意是不够的。民间的东西，对于研究一个民族文化的发生是很重要的。比如敦煌文献就为我们保存了许多关于曲子词、关于佛教俗讲与小说的具有发生学价值的材料，这类材料都为正统文献不屑收录的。它们的出现，几乎改写了我们的词史和小说史。应该认识到，人类开口讲话，据英国牛津一个研究室对人类语言基因变异的研究，已经有十二万年。但人类有文字的历史才五千年，中国殷墟的甲骨文才三千多年。而且在有文字的漫长岁月里，有条件识字和写作的人占极少数，大量的文化叙事存在于民间的口头，民间口头叙事是上层书面叙录的最初基础和源泉。

比如儒学的经典《论语》，既然不是孔子亲自写的，是他的弟子和再传弟子的回忆编集，那就必然包含其弟子、再传弟子对老师的理解和选择，谁负编辑的责任也就掌握着话语选择的权力。清代学者都相信柳宗元和二程、朱熹的说法，说《论语》是曾子弟子编的，或加上有子弟子编的几条材料。这当然有根据，因为《论语》最晚的材料，是曾子临终遗言："鸟之将死，其鸣也哀；人之将死，其言也善。"非曾子弟子，不能提供这种材料。但是，孔门有德行科、言语科、政事科、文学科等四个科系，一共排列了十个哲人，对这些优秀弟子都称子，显然不是孔子定的名单。而且十哲中没有曾子，能说这是曾子的弟子开的名单吗？因此《论语》第一次编集，应是孔子初死，子贡等六十四人为他在庐墓守丧三年的时候，这一点我们应该相信郑玄等汉儒的说法。四科中德行科是传道统的，德行科中当时还年轻力壮，可以传道统的是仲弓（冉雍），如郑玄所说，他负这次编辑的责任。这样，中国儒学中的两大学派，一派由仲弓、子夏、荀子通汉儒，一派由曾子、子思、孟子通宋儒，早在《论语》两次最重要的编集中，已经埋下深刻的伏笔。我们所以能够如此提出两千年来没有人发现的这个重大问题，是由于我们不像清以前的人那样因崇圣而不去分析圣贤书背后的手脚，也不像民国时人要打倒孔家店，不及分析就去推倒。而是以现代大国的文化姿态，在以史解经的基础上，深入一层地以礼解经，以生命解经。当代国学是要以现代大国的文化姿态，去如实地清理自己的文化根子。把握世界的文化姿态的不同，必然导致被把握到的世界的不同。

第三，是清代只有金石之学而没有考古之学。尤其是近八十年的考古发现，为清代学者所未见，也不断地给民国时候疑古学派的学者提出了不同的反证。当然疑古对于突破经学中心的积习，解放我们的思想，清理我们的学术有好处。民国学者以怀疑精神打破旧局面，以中西汇流的方式创立新学科，又在文化价值观发生根本转变的时期利用新的材料包括甲骨学、敦煌学，开拓了百家争胜的新的学术潮流，做了许多前无古人的贡献。但是一些学者疑古过头，疑古成习，对于古史记载，包括司马迁的贡献不够理解和重视。司马迁除了凭借“天下计书先上太史公，副上丞相”的优势，占有大量文献和档案资料以外，还做了很多实地考察，把很多民间的东西写进了《史记》，这样的写作方法有点类似诸子，是历史家中带有诸子气象的一人。比如《史记》为今存的先秦文献中失载的屈原立了一篇《列传》，显示了对中国文学独特的理解和深刻的共鸣，鲁迅还为此称扬《史记》是“史家之绝唱，无韵之《离骚》”。但是一些疑古学者质疑屈原在先秦的存在，根据西方某些理论推导出“屈原否定论”，认为他是后世创造的“箭垛式的人物”。然而，太史公是生活在距离屈原仅一百五十年的人。他不仅阅读了大量后世无法读到的史料和档案资料，而且实地考察过屈原的故乡，在生活节奏极慢的当时，有可能看到屈原曾经住过的房子以及和他有关系的族人邻居。他还到过屈原流放的沅水、湘水流域，到过屈原沉江的汨罗。我们到底是相信一个历史学家基于这种考察所做出的判断，还是相信两千年后某些学者根据一种外来理论推导出来的看法呢？这是不言而喻的。

记者：也就是说，正是因为清学的种种不足，现在国学就有了深广的研究空间。

杨义：看到所谓“清学三弊”，乃是现代学术创新意识的结果。它不是为了否定前人，而是为了超越前人，在肯定前人的伟大贡献的同时给当代人敞开充分的创造性空间。其实，历史失载的空白远远大于历史记载的文献。有根柢、有思想的学者应该从文献上入手，从空白处运思，发现历史隐藏着的深层意义。从老式教育制度中走出来的前人，凭着记诵之学、考据之学的优势，作出过许多精深的研究。当代学者的优势在于世界视野、现代意识和高科技对文献检索的介入，完全有可能在新的时代高度上综合文献、考古、田野调查，以及民族、民间、民俗的丰厚资源和多元参证的方法，还原与创新并重，敬重与明达兼用，打开国学研究的一片新天地，建立一种现代形态的大国学。“当代无大家”的说法可谓休矣，我们的国学在中华民族全面振兴的历史进程中，将会放射出新的光芒，这难道不是可以预期的吗？

（原载《中华读书报》2009 年 7 月 22 日）

鲁迅：经典与现实

在鲁迅一百三十周年诞辰的时候，我们在鲁迅的故乡绍兴隆重地纪念这位引导中国文学和文化走上现代化进程的伟大灵魂，思考着鲁迅的遗产如何成为现代中国的经典，而他的遗产又依然活着，成为我们一个文学时代的标志和标准，成为我们的思想激发活力的一个潜在的源泉。我们所以将这个纪念会的学术研讨会取名为"鲁迅：经典与现实"，其要义就在于此。

一个诞生超过百年、逝世超过五十年的伟大作家，他的遗产成为民族的经典，乃是一个民族对它的伟大人物的应有的崇高的肯定。他应该有一些精华性的思想和文章进入民族的共识领域，成为全民族必读必知、融入血脉的文化构成，而不应该总是随着社会的文化风潮和某些个人的偏见，而在风风雨雨中翻跟斗。成熟的民族，应该赋予自己的伟人以成熟的阐释和评价。什么是经典呢？经典蕴含着一种高明，总是能够给人一种精神的启迪；经典蕴含着一种永恒，总是能够穿越时代，给人以一种生命的体验；经典蕴含一种智慧，总是能够以深邃的眼光观照世界，给人以一种思想的超越；经典蕴含一种高度，总是能够以它独特的发现和独到的思维方式，给人输入一种创造的欲望。这就是我们衡量经典的四个原则。

如果我们认可以上的“经典四原则”，我们就有了将鲁迅的思想文章列入中华文化经典的依据。并不是说鲁迅的每一个思想、每一篇文章，更不用说每一句话，都可以成为经典。任何伟人都是可以分析的，盲目的圣人崇拜，既是苛求前人，又会贻害后人。我们只不过要强调，鲁迅那些精华性的思想和精品性的作品，具有恒久的生命力或者无可代替、不可抗拒的艺术魅力，应该以其经典性进入中国文化的血脉之中。在这一点上，可以说，鲁迅的经典建树，并世罕有其匹。他代表着中国文学现代化的开拓时期——也就是前工业时期——思想文学上令人景仰、难以逾越的高峰。应该看到，以高峰为依据的前进，乃是民族的光荣和幸运。

读《呐喊》自序可知，鲁迅在反抗无边的沉重黑暗时，承担着深刻到了几乎令人绝望的精神痛苦。他在这种承担中成为民族的脊梁，令人顿然产生“疾风知劲草”的敬意。就是这种因深刻而痛苦，使他发出的刚健的呐喊，夹杂着野地狼嚎的颤音。深刻的智慧在绝望的痛苦中蒸馏出来的作品，往往闪烁着奇异的光芒，或者如同钻石那样具有多重的折光。我们看到了阿Q那麻木又悲哀到了无所谓的面影，似乎看到了芸芸众生的面相，似乎看到了自己卑庸的心影，似乎看到了人类无可奈何又不可不痛加革除的精神负担。鲁迅的小说是有深刻的政治意识的，但是它们不像当时流行的历史通俗小说那样一味搬演着政治上层“你方唱罢我登场”的“龙虎斗”。而是从鲁镇、未庄这类微不足道的地点的微不足道的小民身上，感受龙争虎斗的政治风云的社会真实效应，包括他们生存情境上和精神状态上的真实效应。这使得鲁迅的政治观，是一种大政治观。既然在做社会的反思和文明的反思，既然觉察了社会的症结和精神的症结，就不会只是具体政治事件的形象分析，而是直逼历史浪花底下的潜流，带着我们与阿Q、闰土、七斤、祥林嫂、爱姑们，一道潜入到中国血脉的活力、沉积物和新陈代谢的过程中去。

鲁迅的精神解剖刀寒光逼人，锋刃所向，不仅在人，而且在己，这才有了他自称是“抉心自食”的散文诗《野草》的“哲学的痛苦”，一种只有精锐的文学语言才能表达的“哲学的痛苦”。他的杂文的犀利，实在是旷古未见，形容为“寸刃毙命”，恐不为过。其中有他的血性、他的脾气，甚至他的刻薄，但是最能彰显文学的力量的，是他敢于直面惨淡的人生，拦堵“瞒和骗”等种种“奇妙的逃路”，物无遁形地摄下了那个鬼脸的人间和人间的鬼脸，直至鬼脸背后的鬼心肠，为我们革新社会时提供应该警惕、应该祛除的人间痼疾和心理痼疾。他执教时曾经带领学生制作植物标本，他从事文学时，又制作出许许多多的社会和人性的标本。看一看这些标本，会使我们更深入地懂得这个世界之所谓世界，为我们改造、重塑国民的灵魂提供不少难得的文化基因上的储备。毫无疑义，关心国民性改造和重铸的鲁迅，是无愧于他逝世时民间自发地覆盖在他身上的那面“民族魂”的旗帜的。他的一生，魂系民族命运的承担和民族灵魂的重铸。

鲁迅作为中国文学与文化的现代转型的标志性人物，他的文化遗产成为现代中国文化建构的重要部分，深刻地影响了百年国人的文化心理结构。现代中国的文化多元构成中，由于有了属于鲁迅的那一部分，变得更加博大、精锐和充满活力。这本身就意味着鲁迅没有游离于现实的中国。鲁迅的许多名言、名作，常常启迪着中国人的思维方向和方式，成为社会发展的一股潜在的精神动力。首先，鲁迅注重解剖和改造“国民性”，早在青年时代就反对奴性和精神奴役，提出“根柢在人”，“首在立人，人立而后凡事举”。人生在世，首先要能“立”，不能像猴子那样爬行，立起人的尊严的价值，立起自己的人文归属和科学思考。人而能立，始足以为人。对于这种人而能立的意义，连日本的鲁迅研究者竹内好、丸山升、伊藤虎丸，都对鲁迅“抗拒为奴”思想产生共鸣，难道作为鲁迅同胞的我们，就可以认为只要背几句圣贤遗训或朗朗上口的口号，国民的素质就发生质的提升和飞跃吗？对于人类而言，人而能立，是一个永恒的主题。

其次，当我们发现人文精神失落的时候，就想起了鲁迅反对极端物质主义的“掊物质而张灵明”，想起了鲁迅所说的“我们的第一要著，是在改变他们的精神，而善于改变精神的是，我那时以为当然要推文艺，于是想提倡文艺运动了”。如果对于“五四”时代先驱者视为“第一要著”的人文追求弃而不顾，那就有可能被历史证明是文化短视的行为。再次，鲁迅的一生始终不懈地坚持类乎“天路历程”式的思想探索和精神追求，“自己背着因袭的重担，肩住了黑暗的闸门”，放青年到“宽阔光明的地方去”。他留下了一句名言：“其实地上本没有路，走的人多了，也便成了路。”鲁迅并没有说，他已经把路全都探明了，铺好了，大家只要亦步亦趋地走，就行了。而是要人们在无路处踏出路来，尊重自己作为开路者的原创的精神和权利。这就是鲁迅与现实发生联系的“三条精神脉络”：首在立人，倡导人文，尊重原创。这也就是鲁迅思想与现实联系的“人”“文”“路”三部曲。

鲁迅离开我们已经四分之三个世纪，他看到的国家困境和社会乱象，与今天有许多根本性的不同，看不到这一点，我们就会错认了时代。但是鲁迅是深刻的，深刻到了超越他的具体时代，他的许多精华性的见解，洞察了历史的潜流和人性的缺陷，依然可以作为文化启示录来进行解读。我们应该记住，鲁迅是反对将伟人当“敲门砖”，将伟人工具化的。他甚至认为：“简直可以说，在进化的链子上，一切都是中间物。”他只是在中国文化和文学现代化的发轫期起了关键性的作用，他并没有认为，他已经穷尽了一切，止于至善。我们应该按照鲁迅的精神来研究鲁迅，没有必要给他戴上许多“纸糊的假冠”。只要我们尊重“经典四原则”和鲁迅与现实相联系的“精神三脉络”，我们就能够在现代大国的文化建设中，立人本为基础，树人文为旗帜，以原创开拓局面。我们不应该终止或切断鲁迅所讲的“进化的链子”，而应该把鲁迅遗产列入经典，和鲁迅精神关联现实各得其所地结合起来，以推动现代中国文化的原创性建设。这也是我们这次“鲁迅：经典与现实”国际学术研讨会的基本主题所在。

2011 年 9 月 23 日

鲁迅的文化哲学与文化血脉

一个深刻地影响了历史文化进程的思想家、文学家，经历了百年尊崇和毁誉，也走到了需要对之作出回首和前瞻的重要坎子。鲁迅作为百年中国杰出的思想家、文明的批判者、新文学的开拓者和奠基者，已经被中国人作为显学的代表人物，谈论了近百年。百年一鲁迅，在现代中国的文化进程中留下了深刻的人文脚印、精锐的精神启迪和巨大的文化身影，这在文学界罕见其匹。鲁迅的许多作品，由此成为民族的经典、思想的启示录。这就到了不仅要看鲁迅是怎么被讨论的，而且到了要看作为存在的鲁迅，为何如此被讨论，这是他的本意，还是偏离他的本意的误区和盲点。若想为现代中国大国文化的建设提供精神指引和思想力量，就有必要对鲁迅作品再进行深度的重读，深入鲁迅的精神脉络和内在实质之中。要做到这种深入，也就必须在研究者主体上练一练内功，拓展我们的文明视野和知识积累，从而能够恰如其分地把握鲁迅精神、鲁迅作品，与中国历史、文化、文明深度联系，对其内在的生命和文化的血脉，展开渊博而精深的思考和阐释。

应该看到，“百年鲁迅”，是一个植根于文学，却又超越文学的宏观文化命题。现代大国的文化进程，要求我们对鲁迅的存在，采取新的观察。比如应该观察，鲁迅小说为现代中国小说的发展，展示了哪些视境上和途径上的美学可能性；鲁迅少作白话诗，却长期写旧体诗，为中国现代诗歌发展的格局，提供了哪些启示；鲁迅论梅兰芳，论中医，为中国式的戏剧现代化和中医现代化，提供了哪些思想参数。诸如此类的命题，都需要以一个渊博的文化学者的世纪性高度，退出一定的时间距离，采取更为宏大的价值尺度，进行知识清理和思想分析。这些涉及现代中国文明形态的重新认知的命题，都需要以一代学术去完成。于此有必要突出地强调，提高对自身文明和文化的解释能力，是新世纪中国学术是否能够形成大国风度的关键，也是鲁迅研究能否大成的关键。解决这种解释能力有三个标准：一是对前贤的解释能够进入现代人的心灵，成为现代人的精神向导；二是对前贤的解释能够与当代世界进行深度的文化对话，激活中国思想的普世魅力；三是对前贤的解释能够契合当代中国人文建设的需要，促进当代中国人文精神健康、自由、生机蓬勃地发展。

鲁迅研究虽经近百年，依然充满可深化的潜力。我想讲一讲自己的切身体会。三十年前，我是从鲁迅研究进入学术领域的。那时候发表的一些文章，也受过同行的好评。前些日子，因为要编一部“鲁迅论集”，将三十年前的稿子翻出来阅读一下，觉得水平很低，甚至如果是我的学生写的，我都不想让他毕业。经过三十年的磨练，自己的知识储备和学术能力都有了提升，所以才会有这种感觉。可见，问题不在于鲁迅研究还存不存在潜力，而是研究者的知识储备和学术能力，足不足以在更深的层次上开发对象所蕴藏的潜力。为了要讲点新的见解，反映我目前的学术积累，就把一篇四万多字的旧稿，大作修改，改成将近十九万字的新稿，取名《鲁迅文学血脉还原》。这次修改对我而言，是一次对鲁迅的重读，在重读中，感到鲁迅研究还是大有可为，关键在于研究者的思想眼光和知识结构。

一、鲁迅的文化哲学

为何要这样大动干戈地修改呢？一方面，觉得自己过去的水平不行，拿篇旧稿凑数，对不起读者。另一方面也发觉：百年鲁迅研究，学界更注重思潮，现在是到了转变角度，将鲁迅的文学血脉深入进行清理的时候了。文化血脉，是鲁迅的根脉所系。失血脉，就失鲁迅。鲁迅在《文化偏至论》中权衡文化偏至的时候，主张去其偏颇，他讲了两句话，一是“外之不后于世界之思潮”，二是“内之仍弗失固有之血脉”，然后再讲第三句话：“取今复古，别立新宗，人生意义，致之深邃。”[①]鲁迅文化战

① 鲁迅：《坟·文化偏至论》，《鲁迅全集》第1卷，北京：人民文学出版社，1981年，第56页。

略思想或文化哲学的结构是"2+1"，具有郑重的、深刻的、又是稳健的特征。追逐思潮而不顾血脉，则可能丧失文化身份，失去文化主体性的独立创造的根基，连带着对外来思潮也只能抒撦皮毛，难以深入。保守血脉而疏离思潮，则可能丧失创造的动力，失去文化现代性的与时俱进的视境，连带着对血脉也只能陈陈相因，不能激活。中国现代文化的革新和发展，需要采取既"取"又"复"的复合型的深度文化对话姿态，通过对话，既可深度把握外来思潮，又可激活本有的文化血脉。然后再生长出"别"，这个"别"就是根基牢靠、生机盎然，从而创造出别开生面的第三种充满根基与活力的文化形态。"别"的姿态是"立"，是站起来，迈出脚步去创造，而不是躺着做复古梦，也不是跪着做拾人牙慧的文化贩子，或文化奴隶。只有建立自主创新的现代性文化，才能"立人"，才能立"人国"。这是鲁迅早年就探明的，而且坚持终生的文化战略思想，一种复构动态而强调现代性的文化哲学。

极好地体现这种文化哲学的，是"鲁迅"这个享誉全球的笔名的选定。"鲁迅"笔名第一次出现在1918年《新青年》发表《狂人日记》的时候，远在江西的挚友许寿裳如此回忆："觉得这很像周豫才的手笔，而署名却是姓鲁，天下岂有第二个豫才乎？于是写信去问他，果然回信说确是'拙作'，而且那同一册里有署名唐俟的新诗也是他做的。到了九年（1920年）的年底，我们见面谈到这事，他说：'因为《新青年》编辑者不愿意有别号一般的署名，我从前用过迅行的别号是你所知道的，所以临时命名如此。理由是：一、母亲姓鲁，二、周鲁是同姓之国，三、取愚鲁而迅速之意。'"人的本名中有父辈选择和家族排行等因素的制约，不完全取决于本人，笔名的选取，则主意全在作家，他要带着这个徽号与世人，甚至与文学史打交道的，因此至能体现作家的文化血脉和志趣。鲁迅笔名选取的原因，一是因母得姓，这是远古母系社会盛行的制度；二是周、鲁同姓，这是周朝的姓氏制度，甚至发表新诗，署用"唐俟"笔名，也考虑到周、鲁、唐同姓的西周故实。以如此丰厚的文化血脉为根基而起笔名鲁迅，成为现代文学史上起得最好的笔名之一，就绝非来个四不像地起个类乎"高尔础"、"托尔斯多"的名号，能够同日而语。由此可以看出，中国文化血脉对鲁迅渗透之深，简直成了他的生命的最内在的一部分。这个笔名的选取，就蕴含着鲁迅复构动态、具有现代性的文化哲学。文化血脉既然已成为生命最内在的部分，平日向外追求时，就尽可不必整天挂在嘴皮子上，这也在常理之中。

鲁迅主张思潮与血脉之间，一外一内、一表一里"翕合无间"的互动。翕合，就是主张不同质的文化之间的聚合、结合、融合。王夫之《读通鉴论》卷二十四："翕合之以归于一，合乎往古之经，而于今允协，究极于中藏之密，而于事皆征，其于辞也，无闲然矣。"这就是翕合无间一词的出处。纪昀《阅微草堂笔记》卷二十一"滦阳续录三"有这样的话头："夫胎者，两精相搏，翕合而成者也。媾合之际，阳精至而阴精不至，阴精至而阳精不至，皆不能成。皆至矣，时有先后，则先至者气散不摄，亦不能成。不先不后，两精并至，阳先冲而阴包之，则阳居中为主而成男。阴先冲而阳包之，则阴居中为主而成女。此化生自然之妙，非人力所能为。”它用阴阳交媾结胎，也就是新生命的孕育生成来表述“翕合无间”之妙。这意味着异质文化并非一味冲突，其间还存在着“化生自然之妙”，可以化生出新的文化生命。

化生的两个要素，就是思潮和血脉。那么，中国人是如何理解血脉呢？要深刻地理解鲁迅的文化哲学，就必须全面清理中国人对文化血脉的理解。首先，血脉是人对自身生命的一种认识，是人的生命自觉的表现。《吕氏春秋·恃君览》，《淮南子·俶真训》、《墜形训》，《论衡·论死篇》、《道虚篇》，均有以血脉论人体的片段。汉人陆贾《新语·怀虑篇》说：“志定心平，血脉乃彊。”枚乘《七发》说：“纵耳目之欲，恣支体之安者，伤血脉之和。”以血脉认识人的生命特质，在医学领域更为盛行。因为医学是研究人体的正常和疾病、通过疗治再恢复正常的过程的生命科学。《黄帝内经·素问》卷五说：“藏真通于心，心藏血脉之气也。”《史记·扁鹊仓公列传》：扁鹊对齐桓侯说，“君有疾在血脉，不治恐深。”对人的生命与血脉的关系的这种理解，被引导到养生学上。其次，对于血脉滋育人的精气、精神以至生命的理解，导引出家族以血脉相传的血缘说。有所谓“家为国之本”，血脉通过家，注入国家社会的基础性结构之中。朱熹在解释《论语》“慎终追远”时，认为“人之一身，推其所自，则必有本，便是远祖，毕竟我是它血脉”。[①]

在人体生命、家族血缘、学派因缘之余，血脉一词带着生命的体验，向广泛的文化领域渗透。血脉的普遍渗透，使人们关注不同领域的相互联系，而且是一种文化生命的联系。血脉渗透于音乐、礼仪，渗入了礼乐文明的核心地带。《史记》卷二十四《乐书》太史公曰："正教者皆始于音，音正而行正。故音乐者，所以动荡血脉，通流精神而和正心也。"朱熹则以血脉分析经典："读孟子，非惟看它义理，熟读之，便晓作文之法：首尾照应，血脉通贯，语意反覆，明白峻洁，无一字闲。人若能如此作文，便是第一等文章。"[②]文化血脉既有经典自身的内在血脉，又有学派传承的纵向血脉，以及文化类型之间相互渗透的横向血脉，可谓是纵横密布，气息相通。可以说经过数千年的文明发展，中华文化血脉已是极其广大而深厚，埋下了"千古血脉流行化生之机"，既沉积了不少浑浊腐臭的废物，把新鲜思想吞没在陈词滥调的浑水之中；又流动着许多可供现代性创新的文化基因，源头活水，也可谓蕴藏丰富。鲁迅那种复构性、动态性、现代性的文化哲学，就是面对如此丰厚而复杂的文化血脉所作出的历史理性的反应。

① 【宋】朱熹：《朱子语类》卷二十二《论语四》。
② 【宋】朱熹：《朱子语类》卷十九《论语一》。

二、文化哲学的现实契机

鲁迅的文化哲学既然强调现代性、动态性，那么要走进他的文化哲学的实质，就必须从其文化反应的现实契机入手。执着于现实，是鲁迅文化哲学的立足点。鲁迅既生不逢时，又生适逢时，在时之遇与不遇的痛苦和焦虑中，造就了鲁迅和他的文化哲学。

科举制度作为千年传承的文化血脉上的重要体制，在鲁迅少年时代即因其弊端的爆发，带来祖与父两代，一入狱，一受斥革。在他的家族落难的次年，中日爆发甲午海战，中国承受着曾经接受过自己文化流脉启迪的邻近岛国的宰割惨痛；在他获准赴日本留学的一年多之前，八国联军攻入北京。现实的教训，必然使这一代思想者对自身的文化作出激进的深刻的反思与批判。那种安享祖宗的光荣的时代，一去不复返了。

更深层次的问题在于，"五四"新文化运动者是中国现代性新军的第一代突围者，他们中的多数人，以及他们同时代的许多人都是读"四书五经"出身的。他们开始进行新文化创造的时候，不仅他们的周围，而且他们自己的精神世界，都脱不了与那些"古老的鬼魂"和"沉闷的毒素"的干系。过去都是用右脚走路，现在要紧的是将右脚往后一蹬，借着反作用力，迈开现代性的左脚。以"推倒传统偶像""重估一切价值"的办法，迈出现代性的第一步，乃是当务之急。因此，他们的文化哲学被艰难时世蒙上了一层反传统的色彩，反传统的色彩是悲郁的。

1932年鲁迅作有一首《自嘲》诗："运交华盖欲何求，未敢翻身已碰头。破帽遮颜过闹市，漏船载酒泛中流。横眉冷对千夫指，俯首甘为孺子牛。躲进小楼成一统，管他冬夏与春秋。"这是鲁迅最驰名的一首旧体诗。《鲁迅日记》1932年10月12日记载："午后为柳亚子书一条幅，云：'运交华盖欲何求……达夫赏饭，闲人打油，凑成一律以请'云云。"运交华盖，重提他七年前编《华盖集》作"题记"所说："华盖在上，就要给罩住了，只好碰钉子"①，"碰钉子还是小事，有时简直连性命也会送掉"②。碰钉子中的"横眉"和"俯首"，表明鲁迅反抗社会、也反抗命运，不屈不挠地逆世俗好恶而动，顶住压力而选择政治文化方向的坚定意志。而"横眉冷对千夫指，俯首甘为孺子牛"，这是鲁迅大爱大憎的崇高人格的核心。尤其是"横眉"二字，非常传神地传达了鲁迅蔑视一切邪恶势力的神态。

要清理鲁迅的文化血脉，深入地理解他的思想艺术贡献，就有必要对他的重要思想和文学形式进行探源溯流。比如面对鲁迅的《自嘲》诗，我们可以就从古至今的自嘲的精神状态和文学形式，进行一番梳理和比较。"自嘲"是人在处理自己与现实的矛盾时，所采用的一种化守为攻的智慧形式，也是历

① 鲁迅：《华盖集·题记》，《鲁迅全集》第3卷，北京：人民文学出版社，1981年，第4页。

② 鲁迅：《致萧军、萧红信（1934年12月10日）》，《鲁迅全集》第12卷，北京：人民文学出版社，1981年，第592页。

代诗文中不乏其例的情调和形式。清人刘熙载《艺概·诗概》从《诗经》中追溯其源头，认为："《诗》，自乐是一种，'衡门之下'是也。自励是一种，'坎坎伐檀兮'是也。自伤是一种，'出自北门'是也。自誉自嘲是一种，'简兮简兮'是也。自警是一种，'抑抑威仪'是也。"《诗经·邶风·简兮》："简兮简兮，方将《万》舞。日之方中，在前上处。硕人俣俣，公庭《万》舞。……山有榛，隰有苓。云谁之思？西方美人。彼美人兮，西方之人兮。"今人一般将此诗理解为女子观看"万舞"表演，对舞师产生爱慕之情。但《毛序》附会政治，认为："《简兮》，刺不用贤也。卫之贤者仕于伶官，皆可以承事王者也。"即贤士大材小用，以"极得意语"抒写"极伤心事"，用以自嘲。

自嘲之作，《文选》"设论"类，著录了东方朔《答客难》、扬雄《解嘲》、班固《答宾戏》，都是解释客人对自己的嘲笑，属于解嘲之作。唐代韩愈的《进学解》，也假设别人嘲自己，自己出来解答，自嘲解嘲的意味深浓，实际上是以嘲讽的口吻，发泄对社会不公导致命运坎坷的不平。白居易五十八岁得子，也作诗自嘲身世，《予与微之老而无子，发于言叹，著在诗篇，今年冬各有一子。戏作二什，一以相贺，一以自嘲》："常忧到老都无子，何况新生又是儿。阴德自然宜有庆，皇天可得道无知。一园水竹今为主，百卷文章更付谁。莫虑鹓雏无浴处，即应重入凤凰池。""五十八翁方有后，静思堪喜亦堪嗟。一珠甚小还惭蚌，八子虽多不羡鸦。秋月晚生丹桂实，春风新长紫兰芽。持杯愿祝无他语，慎勿顽愚似汝爷。"宋人司马光也作有两首

《自嘲》，在进退隐现之间，颇多政治感慨："英名愧终贾，高节谢巢由。直取云山笑，空为簪组羞。浮沉乖俗好，隐显拙身谋。惆怅临清鉴，霜毛不待秋。""盘飧罗新蔬，充腹不求余。穷巷书扃户，闲轩卧读书。有心齐塞马，无意羡川鱼。世道方邀逐，如君术已疏。"[①]南宋陆游《自嘲解嘲》列述生存的尴尬，以"痴"自嘲，意在反讽"世变"："世变真难料，吾痴只自嘲。移山谋畚土，黏日欲煎胶。得句题修竹，烹茶拾堕巢。行年不须算，断是死衡茆。"他又有七言《自嘲》诗，于"老大从人百不宜"的处境中，依然不磨"有志尚如年少时"，表现出对命运无可奈何而又不愿低头："岁月推迁万事非，放翁可笑白头痴。此生竟出古人下，有志尚如年少时。僻学固应知者少，长歌莫问和予谁。自嘲自解君毋怪，老大从人百不宜。"

清代自嘲诗，以郑板桥所作至为驰名。郑氏家贫，尝为蒙师。中了举人、进士之后，作《自嘲》诗云："教馆本来是下流，傍人门户渡春秋。半饥半饱清闲客，无锁无枷自在囚。课少父兄嫌懒惰，功多弟子结冤仇。而今幸得青云步，遮却当年一半羞。"一般认为，郑氏诗宗陶渊明、陆放翁，但也如他在书法上创造了"板桥体"，他的诗也有一股叛逆性的嘎劲头。他以自嘲倾吐牢骚，数尽了私塾先生"傍人门户"的缺乏独立性，"半饥半饱"的经济状况，"嫌懒结仇"的左右为难，足以引发世间教书匠的无端共鸣。清代自嘲诗作者不少，多对自己的人生困窘，

---

① 【宋】司马光：《传家集》卷九、卷十二，四库全书本。

发出苦涩的笑容。袁枚《随园诗话补遗》记载，卢湘艖拔贡，朝考被斥，捐州判，赴任时作《自嘲》诗云：“不为折腰吏，权作磕头虫。”又记昆山秀才徐懒云买书无钱，而书贾频至，乃自嘲云：“生成书癖更成贫，贾客徒劳过我频。聊借读时佯问值，知非售处已回身。乞儿眼里来鸦炙，病叟床前对美人。始叹百城难坐拥，从今先要拜钱神。”把科举仕途挫折、书癖无钱买书的奴才相和穷酸相，以自我作践的方式进行嘲讽。袁世凯的叔父，同治年间曾经当过“帝师”的袁保恒，却是科举仕途，风云得意，但对于世道也不能不着着留心，曾作《观弈自嘲》诗：“未肯空从壁上观，不辞心力为君弹。那知更被胸中恼，从此输赢袖手看。”

从历代自嘲诗的历程看，鲁迅的自嘲隐约带有一点陆游自嘲困境而不消磨意志、郑板桥穷愁而追求独立人格的叛逆精神的中国士大夫以“大丈夫”自任的传统。但是鲁迅绝不耽于自怜自恋的琐屑悲欢，对世道的恶浊也从不采取“从此输赢袖手看”的“睁一只眼闭一只眼”的态度。他借用南社诗人姚鹓雏“旧帽遮颜过闹市”的诗句，但并非对那个使他“运交华盖”的社会熟视无睹，而是保持自己的特立独行，对逐名于朝、逐利于市的闹哄哄的市场行为不屑一顾。哪怕自己置身于危险的漏船之中，也不改搏击风浪、泛舟中流的意志。郭沫若曾经找出清人洪亮吉《北江诗话》卷一引钱季重的柱帖：“酒酣或化庄生蝶，饭饱甘为孺子牛。”并进一步发挥：“这一典故，一落到鲁迅的手里，却完全变了质。在这里，真是腐朽出神奇了。”[1]《清稗类钞·诙谐类》也载有这条材料："'酒酣或化庄生蝶，饭后甘为孺子牛'，某名士自撰之联，盖夫子自道也。某嗜饮，醉辄寝。起，则导其幼子嬉于庭，自为牛，而使幼子为牧童，曳之使行，蹒跚庭中，不稍拂其意。世之为儿孙作马牛者，固甚夥矣，然每不自承，若如某名士之能自道者，固绝无仅有也。”鲁迅点石成金的“思想的指头”，在于使“孺子”与“千夫”对仗，成为群体的民众的代称，从而在他的“横眉”和“俯首”之间，闪烁着站在民众立场，抗衡恶浊社会的硬骨头的精神光芒。于是“躲进小楼成一统，管他冬夏与春秋”，就不能解释为超然度外的袖手旁观，而是哪怕时序流徙，抗争的意志也不可消磨的象征性表达了。自嘲，是一种解构性的思维方式，它解构了豪言壮语式或标语口号式的自誉，也解构了金刚怒目式或一泻无余的社会抗议，却将自己崇高的精神境界和社会抗议的坚定立场隐藏在游刃有余的曲笔之中，令人感慨多端，也令人回味无穷。这就使得鲁迅的《自嘲》成为中国历代自嘲诗的压卷之作。

从一首《自嘲》诗，就可以感受到，鲁迅的文化血脉深深地扎根于中国文化的深厚土壤，却又从这片土壤、这个根系中生长出生命坚挺的大树。他的文化哲学的反传统色彩，是属于那个风雨如磐的时代的；而文化哲学中对固有血脉的强调，则属于我们这个具有博大精深的文明根基的民族的。思潮与血脉的

---

① 郭沫若：《孺子牛的质变》，《人民日报》1962年1月16日。

深度对话，是鲁迅文化哲学的内在生命脉络。时至今日，许多现代中国人离开传统典籍已是远哉遥遥，甚至茫然不知那些古老圣贤说过的话，也就是说他们已在文化传统“围墙之外”不知几千里，却依然在重复着“五四”时期尚处于“围墙之内”的先驱者的突围言语和行为，这未免有点令人有错认时空之感。对文化血脉的承续，除了“逆向承续”“深层承续”，还有一种对文化血脉承续的方式，就是“建设性承续”。建设性的途径，应该是广阔而多样的。鲁迅在坚持所谓“现今想要参与世界上的事业的中国人的心里的尺”的价值标准的基础上，坚持承续的多元性和探索的多元性。承续方式的众多，反证了鲁迅的文化血脉不是枯槁的，而是丰盈的，富有生命力的。

三、“嵇康气”与文化血脉的四因缘

从鲁迅《自嘲》诗“横眉”和“俯首”的绝妙佳对中，我们已经感受到一股愤世嫉俗的“嵇康气”。气质影响着思想的表现形式，使思想带上生命的体温。鲁迅对古代思想家和作家，兴趣最浓的有墨子、庄子、屈原、嵇康、李贺，以及《西游记》、《儒林外史》、《红楼梦》的作者。就个人文集而言，对嵇康的作品下的功夫最大。大约自1913年起，他就从事《嵇康集》的整理工作，艰苦绸缪，多次抄录校勘。其间搜集多种刻本、抄本及史籍、类书、总集，进行十几次雠对比勘，考其异同，历二十三年，到1935年终成最精校本，而出版则是1938年，二十卷《鲁迅全集》作为第九卷的时候了。对于一个古代作家的全部遗著，付以如此认真的对待和如此漫长的心血，在鲁迅一生中唯有一个嵇康。鲁迅对嵇康的熟悉和理解程度，绝非早年论文中偶或提及的德国哲学家斯蒂纳、丹麦哲学家克尔凯郭尔所能比拟。一些外国文学家、思想家拓展了他的世界视野，甚至左右了他一时的思想方向，但这些视野、方向的把握方式，最终还落实到他的人格气质上，而这种人格气质既接受了现实的教训，又是屈原、嵇康诸如此类的文化传统潜移默化、体验化生的结果。对于一个深刻的思想者而言，不经过如此文化洗礼、现实磨练，其思想是不能落地生根的。因此，把握住鲁迅与嵇康的关系，就把握住鲁迅文化血脉的一个关键点，一个对文化血脉进行“个案分析”的典型。

鲁迅对嵇康的思想、人格、文章都有透彻的了解和深刻的研究。在“竹林七贤”中，他比较阮籍、嵇康，而对嵇康特别推崇：

> 嵇、阮二人的脾气都很大；阮籍老年时改得很好，嵇康就始终都是极坏的。……嵇康的论文，比阮籍更好，思想新颖，往往与古时旧说反对。……最引起许多人的注意，而且于生命有危险的，是《与山巨源绝交书》中的“非汤武而薄周孔”。司马懿（应是司马昭）因这篇文章，就将嵇康杀了。非薄汤武周孔，在现时代是不要紧的，但在当时却关系非小。汤武是以武定天下的；周公是辅成王的；孔子是祖述尧舜，而

尧舜是禅让天下的。嵇康都说不好，那么，教司马懿（昭）篡位的时候，怎么办才是好呢？没有办法。在这一点上，嵇康于司马氏的办事上有了直接的影响，因此就非死不可了。……嵇康的害处是在发议论；阮籍不同，不大说关于伦理上的话，所以结局也不同。①

这里说脾气“极坏”，不能理解为简单的贬词，而是出于反讽笔法。比如，鲁迅也曾自称数年来“耳闻目睹的所谓国家大事”，“只是增长了我的坏脾气，——老实说，便是教我一天比一天的看不起人”。②又说：“我时时说些自己的事情，怎样地在‘碰壁’，怎样地在做蜗牛，好像全世界的苦恼，萃于一身，在替大众受罪似的：也正是中产的智识阶级分子的坏脾气。只是原先是憎恶这熟识的本阶级，毫不可惜它的溃灭，后来又由于事实的教训，以为惟新兴的无产者才有将来，却是的确的。”③这些话都含有几分嵇康式愤世嫉俗的味道，可以作为鲁迅以独特的视角把握嵇康心情和品格的印证。对于那些追求人格独立的文士而言，非议礼教是为了解放思想，蔑视权威是彰显自主精神。

鲁迅走近嵇康，有其特殊的历史机缘。鲁迅出于章门，

① 鲁迅：《而已集·魏晋风度及文章与药及酒之关系》，《鲁迅全集》第3卷，北京：人民文学出版社，1981年，第510~512页。

② 出自鲁迅《呐喊·一件小事》。

③ 出自鲁迅《二心集·序言》。

章太炎《国故论衡》卷下说："晋世嵇康，愤世之流，近于庄氏。"[①]《三国志》卷二十一如此交代："谯郡嵇康，文辞壮丽，好言老、庄，而尚奇任侠。"就此而言，鲁迅喜欢嵇康，是与喜欢魏晋文章，喜欢魏晋文章所蕴含的老庄气质，是一脉相通的。嵇康在《与山巨源绝交书》中，自称"吾直性狭中，多所不堪"。同属"竹林七贤"的向秀《思旧赋》评议其群体云："其人并有不羁之才，然嵇志远而疏。"史称嵇康善谈理，又能属文，其高情远趣，率然玄远，有迈俗之志。其愤世嫉俗、尚奇任侠的不羁之才，与鲁迅的反抗精神有相通之处。刘勰《文心雕龙·才略篇》如此评价嵇康的才华类型："嵇康师心以遣论，阮籍使气以命诗。殊声而合响，异翮而同飞。"这种才华类型的把握，为喜欢嵇康者从不同角度加以补充。诗人颜延年不能取容当世而心生怨愤，乃作《五君咏》，咏嵇康曰："鸾翮有时铩，龙性谁能驯？"咏阮籍曰："物故不可论，途穷无能恸。"清人俞正燮《癸巳存稿》卷七说："《五君咏》注引《竹林七贤论》云：'嵇康非汤武，薄周孔，所以迕世。'《与山巨源书》注引《魏氏春秋》云：'康与山涛书，自说不堪流俗，而非薄汤武。'"[②]清人吴肃公《明语林》记载，一个叫王山人（逢年）者，颇自负，"谓谩世敌嵇康，缀文敌马迁，赋诗敌阮籍，骚敌

① 章太炎：《国故论衡》下卷《诸子学九篇》，北京：商务印书馆，2010年，第157页。

② 【清】俞正燮：《癸巳存稿》卷七。

屈、宋，书敌二王：作《五敌诗》”。[1]他把嵇康视为轻蔑、甚至咒骂世俗的典型。明朝李贽也是一个轻蔑世俗的人，他这样区别嵇康的人格类型：“向秀与嵇康、吕安为友，嵇康傲世不羁，安放逸迈俗，而秀雅好读书，二子颇以此嗤之。”[2]这里又给嵇康增加了一条“傲世不羁”。这样一种傲世谩世迕世、师心以遣论的知识者人格类型，对于风雨如磐、危机深重的时代，有可能以其刚直不阿，成为社会的良心之所栖。

关键还不在于历史上存在着这么一种人格类型，而在于如何认知、吸收、改造这种人格类型，以适应现代人所身处的光明与黑暗交战的时代。鲁迅走近嵇康，除了章门因缘和魏晋文章因缘之外，还由于嵇康和鲁迅有着转折的同乡之谊。《晋书·嵇康传》记载：“嵇康，字叔夜，谯国铚人（今安徽宿县）也。其先姓奚，会稽上虞人，以避怨，徙焉。铚有嵇山，家于其侧，因而命氏。”郦道元《水经注》卷三十也记述：“嵇康本姓奚，会稽人也。先人自会稽迁于谯之铚县，改为嵇氏，取稽字之上以为姓，盖志本也。《嵇氏谱》曰：谯有嵇山，家于其侧，遂以为氏。”当然，会稽乃名士之乡，而鲁迅属意于此名士而非彼名士，又有其时代的因缘。鲁迅生活在历史以大崩溃获得大喜欢的社会中，对权势的压迫和传统的惰力，嫉恶如仇，“横眉冷对”，铁骨铮铮，又喜爱魏晋文章，自然与嵇康存在着不少精神

① 【清】吴肃公：《明语林》卷十一。

② 【明】李贽：《初潭集》卷十二“师友”。

接触的“放电”之点。鲁迅在《〈引玉集〉后记》中说：“目前的中国，真是荆天棘地，所见的只是狐虎的跋扈和雉兔的偷生，在文艺上，仅存的是冷漠和破坏。”[①]在这种荆天棘地之中，狐虎之辈的帮凶、帮忙、帮闲都属于鲁迅揭露和嘲讽之列，这就难免有人觉得鲁迅好“骂人”。鲁迅回应说：“我想，骂人是中国极普通的事，可惜大家只知道骂而没有知道何以该骂，谁该骂，所以不行。现在我须得指出其可骂之道，而又继之以骂，那么，就很有意思了，于是就可以由骂而生出骂以上的事情来的罢。”[②]因此他写了大量的犀利的杂文，“对于有害的事物，立刻给以反响或抗争，是感应的神经，是攻守的手足”。[③]他把憎与爱、杀与生、彻底的反抗精神和革命的人道主义相统一，以进行不屈不挠的战斗，作为其人生的要义。鲁迅这种是非敌我严加判别的态度和强烈的爱憎感情，甚尔那种嫉恶如仇的狷介作风，使他刚直不阿，浩气长存，令某些人感到不舒服。应该说，这与富有正义感和反抗性的魏人嵇康存在着某种内在的气质上的联系。

这种时代因缘，使鲁迅更多关注与政治相关的嵇康事迹和人格，对其以名士特有的方式奚落达官贵人，尤感兴趣。在“天

① 鲁迅：《集外集拾遗·〈引玉集〉后记》，《鲁迅全集》第7卷，北京：人民文学出版社，1981年，第418页。

② 鲁迅：《集外集拾遗·通讯（复吕蕴儒）》，《鲁迅全集》第7卷，北京：人民文学出版社，1981年，第271页。

③ 鲁迅：《且介亭杂文·序言》，《鲁迅全集》第6卷，北京：人民文学出版社，1981年，第3页。

下多故，名士少有全者”的黑暗时代，这种人格中含有硬骨头，绝非《何典》所嘲讽的“替死鬼也不免有些嘴硬骨头酥”。《向秀别传》说：“（向）秀尝与嵇康偶锻于洛邑，与吕安灌园于山阳，收其余利，以供酒食之费。”[①]他与向秀打铁的岁月，得罪了一个阴险的政治人物锺会。时人形容锺会的人品：“如观武库森森，但见矛戟在前。”[②]嵇康蔑视这种人物，潇潇洒洒，却不知对之设防。《世说新语·简傲篇》记载：“锺士季精有才理，先不识嵇康，锺要于时贤俊之士，俱往寻康。康方大树下锻，向子期为佐鼓排。康扬槌不辍，旁若无人，移时不交一言。锺起去，康曰：‘何所闻而来？何所见而去？’锺曰：‘闻所闻而来，见所见而去。’”[③]宁可得罪君子，岂能得罪小人？锺会对此记恨在心。适遇嵇康的朋友吕安妻子被其兄吕巽（字长悌）奸污，吕安准备告发吕巽。岂料，早已投靠司马氏集团的吕巽竟恶人先告状，诬告吕安不孝，判处发配边疆。嵇康为吕安仗义执言，写下《与吕长悌绝交书》，怒斥吕巽的禽兽行为。司马昭的心腹锺会，时任司隶校尉，负责审理此案。在司马昭耳边谮言“嵇康，卧龙也，不可起。公无忧天下，顾以康为虑耳”，并以“言论放荡，非毁典谟，帝王者所不宜容”的罪名，判处吕安、嵇康死刑。鲁迅对他的身世遭遇寄以深切的同情，认为“魏晋的破坏礼教者，实在是相信礼教到固执之极的”，只因为司马

① 《太平御览》卷八百三十三引《向秀别传》，四部丛刊三编影宋本。

② 《晋书》卷三十五《裴楷传》，中华书局版。

③ 《世说新语·简傲篇》，中华书局2011年《世说新语笺疏》版。

氏借礼教的外衣来行篡窃的阴谋，所以激而反对礼教了。对于嵇康在打铁场上蔑视锺会，不阿附流俗的表现，鲁迅在《魏晋风度及文章与药及酒之关系》已有详细的描述，直到晚年仍然津津乐道：

> 然而，又有人来恐吓了。他说，你不怕么？古之嵇康，在柳树下打铁，锺会来看他，他不客气，问道："何所闻而来，何所见而去？"于是得罪了锺文人，后来被他在司马懿（应是司马昭）面前搬是非，送命了。所以你无论遇见谁，应该赶紧打躬作揖，让座献茶，连称"久仰久仰"才是。这自然也许未必全无好处，但做文人做到这地步，不是很有些近乎婊子了么？

鲁迅把嵇康那种刚肠嫉恶的骨气和鲜明的爱憎，与当时一些婊子文人混淆是非、阿世媚俗的态度直接对立起来，实在是对嵇康人格的高度赞扬。鲁迅就此进一步发挥，认为一切有正义感的文人，均应"只是唱着所是，颂着所爱，而不管所非和所憎；他得象热烈地主张着所是一样，热烈地攻击着所非，象热烈地拥抱着所爱一样，更热烈地拥抱所憎——恰如赫尔库来斯（Hercules）紧抱了巨人安太乌斯（Antaeus）一样，因为要折断他的肋骨"。[①]爱憎分明，刚直不阿，是民族危机应对中负责任的态度，是文化革新中的"鹰派"雄姿。因而，鲁迅推崇嵇

① 鲁迅：《且介亭杂文二集·再论"文人相轻"》，《鲁迅全集》第6卷，北京：人民文学出版社，1981年，第336页。

康人格，具有深刻的时代价值和历史意义。鲁迅处在中华民族一个苦难深重的历史时代，历史所赋予这位伟大作家的任务，就是要“敢说，敢笑，敢哭，敢怒，敢骂，敢打，在这可诅咒的地方击退了可诅咒的时代”①。历史已经没有留下多少机会，让那些知识者在危楼中稳坐交椅，做着搓“模糊骨牌”的游戏了。因此嵇康式的率性任真、争天抗俗的人品风格，与鲁迅早年接触的摩罗诗人的所谓“恶魔性”有其呼应之处，对于危机深重的时代就显得极有文化心理的针对性。

在我国历史上，士大夫文人往往从其前代前辈中挑选物色一些人，作为自己的人格的楷模，建构自己的精神谱系。而精神谱系的选择，各有不同，或向古人求道统，或向古人学风流，或向古人学隐逸，或向古人学油滑，或向古人学颓废，多不是为了时代和人民的现实战斗需要。就拿嵇康来说，杜甫《遣兴五首》说：“蛰龙三冬卧，老鹤万里心。昔时贤俊人，未遇犹视今。嵇康不得死，孔明有知音。”这里借嵇康、诸葛亮的卧龙老鹤的生死荣辱，谈论能否得到人主起用的风云际遇问题。李群玉《言怀》又云：“高飞不逐群，嵇康琴酒鲍昭文。此身未有栖归处，天下人间一片云。”这里也讲时机遭际问题，但突出的是闲云野鹤的志趣。鲁迅与之不同，从积极的角度上改造了嵇康的敢于反抗传统、敢于非薄“圣人”、敢于拂逆权贵的刚肠烈胆，

① 鲁迅：《华盖集·忽然想到（五）》，《鲁迅全集》第3卷，北京：人民文学出版社，1981年，第43页。

来辅翼和充实自己向旧世界、旧营垒和旧传统发起毫不留情的批判和攻击的事业。这自然不是嵇康性格原封不动的移植，而是带有革命性的改造，但是这种改造本身就包含着它与嵇康人格的内在联系。从上面分析可知，这种联系包含着四种因缘：乡土因缘，师门因缘，文章趣味因缘，时代因缘。鲁迅正是以这四种因缘，联系着和激活着他植根于其间的文化血脉的。

四、鲁迅眼光与文化血脉全景

鲁迅对嵇康的解读，是深刻而透彻的，富有时代的现实气息。但这种解读中闪烁着鲁迅的眼光。人有双眼，视野开阔，但立足点规定了眼光的方向，不转身就难以看到三百六十度的全景。这就是鲁迅谈论“选本”，强调顾及“全人”的高明之处。鲁迅说：“如果随便玩玩，那是什么选本都可以的，《文选》好，《古文观止》也可以。不过倘要研究文学或某一作家，所谓‘知人论世’，那么，足以应用的选本就很难得。选本所显示的，往往并非作者的特色，倒是选者的眼光。……倘有取舍，即非全人，再加抑扬，更离真实。”[①]研究鲁迅不应忘记鲁迅这段教诲，不应局限于鲁迅的“眼光”，不应局限于鲁迅的取舍抑扬，而要站在新的时代高度和对文明的总体认知上，透过鲁迅的眼光，看到历史事象的“全景”，以及活动在历史中的“全

① 鲁迅：《且介亭杂文二集·“题未定”草（六）》，《鲁迅全集》第6卷，北京：人民文学出版社，1981年。

人”。

宗白华认为，汉末魏晋六朝是中国政治上最混乱、社会上最痛苦的时代，然而却是精神史上极自由、极解放，最富于智慧、最浓于热情的一个时代。在这个时代以前——汉代，在艺术上过于质朴，在思想上定于一尊，统治于儒教；在这个时代以后——唐代，在艺术上过于成熟，在思想上又入于儒、佛、道三教的支配。只有这几百年是精神上的大解放，人格上思想上的大自由。人心里面的美与丑、高贵与残忍、圣洁与恶魔，同样发挥到了极致。[①]在士人乱世寻自由的生存方式，即所谓“士路艰难”的处境中，人格性情的矛盾复合，是不能以一个倾向就可以道尽的。鲁迅突出嵇康之刚，却往往忽略了嵇康之柔，只能说是折射着鲁迅人格的认同和选择，在很大程度上是一个“鲁迅的嵇康”。

作为“竹林七贤”中人，嵇康与阮籍齐名，并称“嵇阮”。嵇康曾娶曹操曾孙女长乐亭公主，官至曹魏中散大夫，世称嵇中散。他身处魏末，政治环境异常险恶，居易代之世，却不愿与浊流合污，愤世嫉俗，反对虚伪的礼法和礼法之士，其处境和心境与鲁迅有某些相类之处。进一步走近嵇康，发现他长得一表人才，有“人中龙凤”，“美词气，有风仪，而土木形骸，不自藻饰，人以为龙章凤姿，天质自然”之誉。《世说新语·容止篇》记载：“嵇康身长七尺八寸，风姿特秀。见者叹曰：‘萧萧肃肃，

① 宗白华：《美学散步》，上海：上海人民出版社，1981年，第177页。

爽朗清举。’或云：‘肃肃如松下风，高而徐引。’山公曰：‘嵇叔夜之为人也，岩岩若孤松之独立；其醉也，傀俄若玉山之将崩。’”又云：“有人语王戎曰：‘嵇延祖（嵇绍，嵇康之子）卓卓如野鹤之在鸡群。’答曰：‘君未见其父耳。’”按照三国时的尺寸换算，嵇康身高一米八八，一表人才。身为曹操曾孙婿，又处魏末政治危机之中，其精神世界既有鲜明的特质，又有复杂的多面性。在学术上，嵇康崇尚老庄，曾说“老庄，吾之师也！”他不仅把庄子思想玄学化，诗化，而且人间化了。以龙凤之姿，却“土木形骸，不自藻饰”，自称“性复疏懒，筋驽内缓，头面常一月十五日不洗，非大闷痒，不能沐也。……又读《庄》、《老》，重增其放。故使荣进之心日颓，任实之情转笃。”[①]这番自白中夹杂着自贬，却使“嵇康懒”的典故，成了历代文人推辞案牍之劳的托词。如唐人王维诗云：“莫学嵇康懒，且安原宪贫。”杜牧诗云：“醺醺若借嵇康懒，兀兀仍添宁武愚。”宋人梅尧臣诗云：“自同嵇康懒，作书愁把纸。”

嵇康多才多艺，文章、诗歌、音乐、书法，都称能手。四言、六言诗写得好，其《赠兄秀才入军》中有句“目送归鸿，手挥五弦。俯仰自得，游心太玄”，洵属名句。嵇康《琴赋》云：“惟椅梧之所生兮，托峻岳之崇冈。……含天地之醇和兮，吸日月之休光。”辨析音乐与哀乐情感的关系，所作乐曲倾倒世人，尤其是

① 【三国】嵇康：《与山巨源绝交书》，唐李善注：《文选》卷四十三“书下”，中华书局版。

《广陵散》。文章长于论理，比如《释私论》云："夫称君子者，心无措乎是非，而行不违乎道者也。何以言之？夫气静神虚者，心不存于矜尚；体亮心达者，情不系于所欲。矜尚不存乎心，故能越名教而任自然；情不系于所欲，故能审贵贱而通物情。"这是超越儒学而提出的玄学"君子论"，使君子"越名教而任自然"，不再是儒学的专利品。

嵇康重视养生术，其《养生论》里所言："外物以累心不存，神气以醇白独著。"又有《答向子期难养生论》，其中强调："养生有五难，名利不灭，此一难也；喜怒不除，此二难也；声色不去，此三难也；滋味不绝，此四难也；神虑转发，此五难也。五者必存，虽心希难老，口诵至言，咀嚼英华，呼吸太阳，不能不回其操，不夭其年也。五者无于胸中，则信顺日济，玄德日全，不祈喜而有福，不求寿而自延，此养生大理之所效也。"①其养生论，对中国士人影响极深，据记载："东坡先生数书嵇叔夜《养生论》。忧患之余，有意于道言如此。他日又曰：长生未能学，且学长不死。"②在老庄思想和清虚养生态度的作用下，嵇康并非没有作出为避祸而自留回旋余地的举止。他的朋友王戎说："与嵇康居二十年，未尝见其喜愠之色。"③由上面的介绍可以看到，嵇康的人格并非只有一面，而是具有

① 【三国】嵇康：《养生论》、《答向子期难养生论》，清严可均辑《全三国文》卷四十八，中华书局版。

② 【明】董其昌：《画禅室随笔》卷一。

③ 出自《世说新语·德行篇》。

复杂的多面性。作为“竹林七贤”的重要人物，他具有独立人格，潇洒襟怀，他的人格染有竹林的绿色。但他一走出竹林，对社会的浑浊就感到非常不堪，感到这种风气在窒息人性，因而愤世谩世忤世，显示了嵇康人格的另一面。他处在出世与入世之间，作为曹魏贵戚，他不可能出世很远；身处曹魏末世，他看到士人生命的危机，又时时退回竹林，没有很重的名利心。但一脚在竹林内，一脚在竹林外，虽然给他带来荣誉，也带来杀机。对一个历史人物的人品定格，后人各有各的定格角度。鲁迅取嵇康刚肠嫉恶的一面，有他的主体人格和时代特征的理由。如果以鲁迅对嵇康人格定位，作为嵇康人格构成之全部，那就可能忽略了同样构成嵇康人生的其他特色。

嵇康的《与山巨源绝交书》，是他以出世的方式表达入世选择的具有独立人格的宣言书。嵇康与山涛作为竹林之友，本有互相欣赏和心灵相契之处。袁弘《山涛别传》说：“陈留阮籍、谯国嵇康，并高才远识，少有悟其契者。涛初不识，一与相遇，便为神交。”[①]《竹林七贤论》又说：“山涛与阮籍、嵇康皆一面，而契若金兰。涛妻韩氏尝以问涛，涛曰：‘当年可为友者，惟此二人耳。’”[②]但是，山涛投靠司马氏后任吏部尚书，选择甄拔官员十年，各为题目而上奏，时称“山公启事”，此时即将

① 《太平御览》卷四百九“人事部五十”引袁弘《山涛别传》，四部丛刊三编影宋本 。

② 《太平御览》卷四百九“人事部五十”引《竹林七贤论》，四部丛刊三编影宋本。

离职高升，因而推荐好友嵇康来接替自己的位置。刚肠嫉恶的嵇康则写了一篇一千八百多字的《与山巨源绝交书》，力陈自己不适合做官的“必不堪者七”和“甚不可者二”，以绝交来拒绝应聘。言辞之间“刚肠疾恶，轻肆直言”，“非汤武而薄周孔”。当时经学家王肃、皇甫谧等人曲解儒学经典，从汤武周孔的言行中，寻找司马氏篡夺曹魏大位的圣经贤传依据。因此嵇康对汤武周孔的菲薄，实际上是以一种辛辣的曲笔对阴谋篡取王位的司马氏的菲薄。嵇康作为曹氏贵戚，是不可能到“司马昭之心，路人皆知”的那座衙门去掌管人事考察任免事务的。但他如此峻急的措辞，戳到了司马氏的痛处，埋下了他遭忌招杀的根苗。《文心雕龙·书记篇》说：“嵇康《绝交》，实志高而文伟矣。”对此文品反映的人品，古人多有称誉，谓“嵇康人品胸次高，自然流出”①。并把他称为“亮节之士”②。

然而鲁迅对嵇康的把握，带有现代性的气息，并非古人说法的简单沿袭。思想家总要思考历史在当代的价值。比如苏轼曾在《定州到任谢执政启》中，对上司如此自责：“伏念轼愚忠自信，朴学无华。孔融意广才疏，讫无成效；嵇康性褊伤物，频致怨憎。”③元代也有这类的评论：“嵇、阮齐名，皆博学有文，然二人立身行己有相似者，有不同者。康著《养生论》，颇

① 陈绎曾：《诗谱》。

② 【清】刘熙载：《艺概》卷二。

③ 苏轼：《定州到任谢执政启》，《苏轼集》卷七十，明海虞程宗成化刻本。

言性情。及观《绝交书》，如出二人。处魏晋之际，不能晦迹韬光，而傲慢忤物；又不能危行言逊，而非薄圣人，竟致杀身，哀哉！”[①]这类评议对嵇康同情有余，而理解不足，遮蔽了嵇康刚肠嫉恶的当下价值。当然，鲁迅在发掘嵇康的当下价值的时候，也不是对嵇康的言行举止照单全收。继承中有批判，分析中有发现，才能将古人的价值放在一种现代的张力关系中，加以激活。如此处理，鲁迅既沾染了嵇康气，而嵇康也成了“鲁迅的”嵇康。

不可否认，任何时代聚焦，都存在着自己的阴影。不能到处建立兴奋点，那样会令人疲惫不堪，或者落入发烧的尴尬。嵇康人格中有些可圈可点的地方，就没有被鲁迅圈点出来。嵇康虽然写了《与山巨源绝交书》，责怪山涛不了解自己的心，可是他临刑之时，还是想到在竹林七贤中有品性“如璞玉浑金”的巨源老兄，对八岁的儿子嵇绍说：“山巨源尚在，汝不孤矣。”将幼子的抚养托付山涛，而山涛不负所托，照顾嵇绍二十年，然后荐举为官。《世说新语·政事篇》记载：“嵇康被诛后，山公举康子绍为秘书丞。绍咨公出处，公曰：‘为君思之久矣！天地四时，犹有消息，而况人乎？’”清人王鸣盛《十七史商榷》卷四十八，高度赞扬他们这种君子之交：“山涛掌选，举嵇康自代，康与书绝交，诋斥难堪。而其后康被刑，谓其子绍曰：‘山巨源在，汝不孤矣。’后涛举绍为秘书丞。以康之诡激，而涛能

① 【元】盛如梓：《庶斋老学丛谈》卷一，笔记小说大观本。

始终之，何友谊之笃也！君子哉！”[①]李商隐《赠宇文中丞》诗，对这种真诚的友情，也极为向往：“欲构中天正急材，自缘烟水恋平台。人间只有嵇延祖，最望山公启事来。”当然，山涛在政治上追随司马氏，受他教育提拔的嵇绍在后来发生的“八王之乱”中为曾经杀害自己父亲的晋朝殉难。这一行为，被崇尚忠孝的士大夫讥讽为：“嵇康戮于晋朝，嵇绍忠于晋室。”[②]实际上，山涛以朋友是朋友，政治是政治，将二者作了某种分别处理。

死，是人生大限，它以人生存废的唯一性，考验着人格中骨头的软与硬。嵇康之死，以一曲《广陵散》为伴奏。《晋书·嵇康传》记载，嵇康游于洛西，暮宿华阳亭，引琴而弹。夜分，忽有客来访，自称是古人，与他共谈音律，辞致清辩，因索琴弹奏《广陵散》，声调绝伦，传授给嵇康，要他发誓不传他人，自己也不留姓名。晋人刘敬叔《异苑》卷七却在这个传授曲艺的故事中，加进了怪异的因素：“嵇康字叔夜，谯国人也。少尝昼寝，梦人身长丈余，自称黄帝臣伶伦，骸骨在公舍东三里林中，为人发露，乞为葬埋，当厚相报。康至其处，果有白骨，胫长三尺，遂收葬之。其夜复梦长人来，授以《广陵散》曲。及觉，抚琴而作，其声正妙，都不遗忘。高贵乡公时，康为中散大夫，后为锺会所谗，司马文王诛之。”也就是说，

① 【清】王鸣盛：《十七史商榷》卷四十八，丛书集成本。
② 《旧唐书》卷八十九《姚璹传》，中华书局版。

这是一种与鬼神相通，惟鬼神才能传授的乐曲。传说中，嵇康是不怕鬼，甚至蔑视鬼的名士。《太平广记》卷三一七引《灵鬼志》载："嵇康灯下弹琴，忽有一人，长丈余，著黑单衣，革带。康熟视之，乃吹火灭之曰：'耻与魑魅争光。'尝行，去路数十里，有亭名月华，投此亭，由来杀人，中散心神萧散，了无惧意。至一更操琴，先作诸弄。雅声逸奏，空中称善。中散抚琴而呼之：'君是何人？'答云：'身是故人，幽没于此。闻君弹琴，音曲清和。昔所好，故来听耳。身不幸非理就终，形体残毁，不宜接见君子。然爱君之琴，要当相见，君勿怪恶之。君可更作数曲。'中散复为抚琴击节，曰：'夜已久，何不来也？形骸之间，复何足计？'乃手挈其头曰：'闻君奏琴，不觉心开神悟，恍若暂生。'遂与共论音声之趣，辞甚清辩。谓中散曰：'君试以琴见与。'乃弹《广陵散》，便从受之，果悉得。中散先所受引，殊不及。与中散誓，不得教人，天明，语中散：'相与虽一遇于今夕，可以远同千载，于此长绝。'不胜怅然。"古人一再地制造鬼神授曲的传说，将《广陵散》曲置于神妙之境，此曲表现的是"聂政刺杀韩王后自刎"，当是洋溢着生死情仇的血性。

《广陵散》成了嵇康生命的最后一道彩虹。《世说新语·雅量篇》记载："嵇中散临刑东市，神气不变。索琴弹之，奏《广陵散》。曲终，曰：'袁孝尼尝请学此散，吾靳固不与，《广陵散》于今绝矣！'太学生三千人上书，请以为师，不许。文王（司马昭）亦寻悔焉。"当时嵇康只有四十岁，竟能临刑神气自若，弹琴自祭，叹息《广陵散》绝，而不是自己命绝。不提生命，反而放大了生命的价值和亮色。《世说新语》将这一幕写入《雅量篇》，如此死得有雅量，实在是奇绝。对于这则亮丽的生命语言的意义，南宋朱熹作了政治性的解释，他在回答如何"审音"时说："辞气音节亦得其正。如人传嵇康作《广陵散操》，当魏末晋初，其怒晋欲夺魏，慢了商弦，令与宫弦相似。宫为君，商为臣，是臣陵君之象。其声愤怒躁急，如人闹相似，便可见音节也。"①王夫之《读通鉴论》卷十二，则从士气、清议的社会风气蜕变的角度立论："夫晋之人士，荡检逾闲，骄淫愞靡，而名教毁裂者，非一日之故也。魏政之综核，苛求于事功，而略于节义，天下已不知有名义；晋承之以宽弛，而廉隅益以荡然。孔融死而士气灰，嵇康死而清议绝，名教为天下所讳言，同流合污而固不以为耻。"

古人以一曲《广陵散》的绝响，思考着政治，思考着士风，思考着社会的价值观的崩裂。同一个历史事象，是可以从多种角度发掘其意义的。后人不应只拾牙慧，封闭自己创造性的心灵。然而要解释嵇康临刑这一幕的意义，还是鲁迅的话说得好："生命不怕死，在死的面前笑着跳着，跨过了灭亡的人们向前进。"在死的面前笑着跳着的生命，就会想起用《广陵散》来自祭，其中蕴含着的侠客刺杀君王的悲壮音符，也会发生鲁迅所描述的效应："无论什么黑暗来防范思潮，什么

① 【宋】朱熹：《朱子语类》卷二十五。

悲惨来袭击社会，什么罪恶来亵渎人道，人类的渴仰完全的潜力，总是踏了这些铁蒺藜向前进”；“生命的路是进步的，总是沿着无限的精神三角形的斜面向上走，什么都阻止他不得”[①]。若借鉴鲁迅的现代性思想去考察我们的文化血脉，将能于其间注入生命的活力。

2012年10月6日修改定稿

① 鲁迅：《热风·随感录六十六生命的路》，《鲁迅全集》第1卷，北京：人民文学出版社，1981年，第368页。

保持传统和现代的优秀部分
——中欧学者在人民网的对话

[**杨义**] 各位网友，大家好。很高兴时隔九年又在人民网·强国论坛再次和大家交流。

[**蔚五海**] 大家好！我叫Patrick Viveret，我是“人类对话”这个国际论坛的创建者之一，它的始发地是里昂。很高兴有机会和大家进行交流，共同讨论“保持传统和现代的优秀部分”这个话题。

[**网友寒碧**] 杨义嘉宾，中国传统文化被咱们自己全盘否定了，却被国外津津乐道，你怎么看待这种现象？

[**杨义**] 中华民族的文化对内来说是我们整个国家的立国之本，是我们的生命之根，对外来说，在国际交往上应该说是我们民族的旗帜。当然，近代以来，在西学东渐的过程中，在西方经过文艺复兴之后，西方文明进入了现代化的发展阶段，中国文明在这个时候落后了。在落后挨打的惨痛经历中，从晚清，尤其“五四”以来，知识界对自己的传统文化进行一些根本

性的批判，吸收西方的一些现代的意识和现代的文化。这个开放的过程无疑是必要的，由此打开中国发展的新局面。但是，一个民族必须根深才能叶茂，经过百年的批判性思维，我们必须对传统文化有一种新的自觉。尤其是我们现在作为一个现代大国，出现全面振兴的时候，我们更要对自己的文化进行承传，重新作出创造的阐释。

这里面应该建立一种新的历史观，就是对文化怎么看。我们要还古人应有的伟大，同时，还现代人以充分的创造空间，要实行古今之间的“共赢”。比如孔夫子在他那个时候代表人类的最高智慧，他无论在伦理哲学上、政治哲学上、教育哲学上，都有很多在当时的世界中领先的思想。这种思想至今还给我们很深刻的启发。但是我们现代人应该有属于现代人的创造，比如你们在搞互联网，我们总不能让孔夫子来教我们搞互联网。我们现在要在经济上抵御金融危机的冲击，总不能让孔夫子事先给我们设计好方案吧，这是现代人的责任，我们不能因为孔夫子没有讲这些东西，就认为他不够伟大。我们要还古人应该有的伟大，同时用这个东西滋养我们的元气。这就是我们的根子，根深才能叶茂。它可能会在我们民族的发展中提高我们民族的自尊心、民族的自信心和民族智慧的深厚度，这就是我们一个得天独厚的千古不竭的文化源泉，我们要倍加珍惜。

[网友人心不足]老杨啊，我感觉中国种种乱象的一个重要的根源就是传统与现代的断裂，人无信仰和敬畏，文化断

裂后，自然导致社会失衡，你怎么看？

[杨义]现在重新再来说我们的教育，包括社会教育和家庭的教育，可能传统文化的成分已是很单薄了。在16世纪以前，中国的书面文献等于世界的总和，中华民族是一个高度文明的、根柢深厚的、源远流长的民族。胡适说，他那个时候，一个大学生可以把《史记》当成小说来读，读起来并不吃力。我在小学三四年级的时候，就开始读《三国演义》，那是比较浅显的文言文写成的经典，现在中学生读起来可能都有点吃力，说明我们在教育上对传统人文素养这方面强调得不够，应该补这一课。

一个人对民族国家的认同，也就是说他的爱国主义的根子，应该通过人文的东西把它滋养起来。最近几年，整个社会出现了一股“国学热”，这首先是我们民间对自己的思想文化学术的一个热情的喷发。但是我们作为人文学者，就有责任把这种热情引向深入，把它丰富起来，深入下去，变得很厚实、很精深。确实，我们长期以来以某种西化的思潮或者简单化的阶级分析的思潮，对传统文化否定过度，造成了我们文化上的“不适症”。如何对传统文化加以现代化的转化，和现代文化对接起来，把它作为我们现代化的一个基础和推动力，这是我们今人的历史责任。

我们应该有更多的人文情怀，比如说梁启超在将近一百年前曾经讲过，不能理解《楚辞》，就白当了一回中国人。《论语》、《孟子》、《老子》、《庄子》，《诗经》、《楚辞》、唐诗宋词，都应该将它们精华的部分在中级教育里面普及开来。一部《论语》就一万三千字，也就是我们一张报纸那么多，为何不把它在小学、中学阶段选出五千字让孩子们背下来；一部《孟子》也就三万多字，为什么不能够把其中最精彩的、最精粹的部分，让我们的孩子、我们的中小学生，在小时候就作为最基本的一种素养来进行学习呢？如果有了这么一种人文情怀，我们和这个民族的命运就血肉相连。这是最基本的爱国主义教育，比起那些背条条、背概念的爱国主义的教育更有情趣，更能内化为我们生命的要素。

[热那维埃芙] 中国朋友大家好！尤其是对“人类对话”和“人类事业”感兴趣的朋友们，你们好。在法国里昂，我们和你们在大树下共同组织了此次对话，这让我想起了非洲部族之间的对话。每个人都可以畅所欲言，感受不同的文化，发现不同的观点。

[网友一天一地一广仔] 请问嘉宾，现代人物质生活日益丰富，在精神方面却有许多贫乏，你们怎么看？

[蔚五海] 实际上，现代化给我们带来了很多物质上的进步，但是这些进步从精神的角度来看是十分贫瘠的。这种现代化总是表现出成为自然和生活的物质化和商业化。今天，由于生态系统的局限，我们不能单单只追求物质的进步。我们的挑战不仅仅是追求拥有，而且要追求生存的质量。因此，我们就必须有能够继承传统的智慧，这些智慧代表了我们整个社会的过去，也应该成为我们建设未来的精神源泉。那么，今天的这

个讨论具有非常重要的意义，能够帮助我们共同保持传统和现代的优秀部分。

[人民网记者] 听说您在研究先秦文化，能讲讲先秦思想在中国历史上的地位吗？

[杨义] 我近来研究先秦诸子，主要是从发生学的角度去研究，就是说认清诸子是谁，你为什么把你的书写成这个样子。以此清理诸子思想的原创过程和生命奥秘。其实，这方面许多问题，两千年来都没有好好解决。我们现在作为一个大国，不是采取崇圣的态度，也不是采取毁掉自己的家当的态度，而是要为这么一个大国的文化立根基，所以，我们就有可能在新的精神维度上发现诸子学问中的很多没有解决的，而且被遮蔽了的问题。比如说庄子是谁，庄子是战国时候的宋国蒙地漆园的小吏。为什么楚国作为当时的一等大国要请他去当相，要把国事交给他呢？他这么穷的要借粮食过日子，说自己是涸辙之鱼。在当时的贵族教育连书籍都藏在官府的情形下，他是怎样能够受到那么好的教育呢？没有好的教育，他能写出书来吗？漆园吏连个股长都不够，又有什么资格和那些诸侯、国君、将相对话？这些问题都指向“庄子是谁”的悬案。庄子如果在个人身世履历方面来随意编造自己的人生传奇，他不是变成骗子了吗？所以，《庄子》书中还有很深的奥秘，我们没有去解读出来。实际根据我的考证，庄子是楚庄王的一个疏远的旁系后代，他以楚庄王的谥号为姓氏，但是他和楚庄王相距两百多年，大概是七八代以上。中间有一个残酷的政治事件使他这

个家族流亡到宋国，过了四五十年，换了一两个国王之后，楚威王要落实政策，请他回去，加以任用。所以他虽然出生在宋国的蒙地，但他的思想是楚人的思想。包括他对凤凰的崇拜，猫头鹰抓了一个死老鼠吓凤凰鸟的时候，他说“南方有鸟，生于南海，飞于北海”，其中就隐藏着他的家族迁移的轨迹。他写的大鹏鸟，把南溟作为天池，作为他的精神家园，而他的精神指向是“图南”。另外，他讲的混沌信仰实际上是楚人的信仰，他的妻子死了之后，“鼓盆而歌”，这实际上是楚国的风俗。他的笔下的楚人的故事有十几个，但是这些楚人都是很神奇的，那是他的爷爷、奶奶告诉他的失落了的遥远故乡的故事，属于“月是故乡明”的乡愁。他也写了十几个宋人的故事，宋人都是很笨的，因为庄子和他的流亡家族没有融入宋国，宋国无视他的才华，也只是让他当一个小不点的漆园吏。所以，他小时候是很孤独的，他的作品写了很多动物、植物，比如蝴蝶、蜗牛、螳螂、鱼等等。他小时候没有伙伴，一个人很孤独地在市场上，在森林里，在河沟旁游逛，就是所谓的“独与天地精神往来”。

我们如果按照这么一种发生学的思路来读《庄子》，就几乎可以摸到庄子的体温，可以从中解读出他作为一个流亡的楚国贵族的后裔的很多文化DNA。

[网友杜康] “五四”运动在对待传统方面是不是有过激之嫌？“文化大革命”与“五四”运动在对待传统文化方面是不是一脉相承？

[杨义] “五四”运动在中国文化史上，是一个划时代的

运动。中国文化几千年按照老路子走下来，已经开始老态龙钟，在西方的新锐文明的冲击下，挨打、受辱，所以，当时的“五四”运动的爆发，一个是带有爱国主义激情的，一个是对民族文化的命运的防守。那代人必须采取比较决断的方法，大声疾呼，把西方的科学民主的精神引入到中国的思想文化中来。应该说，那代人的激进有那一代人激进的理由。如果一味地温吞水似的，那么对于一个盘根错节的古老文明来说，它是不会幡然醒悟的。他们是突围的一代，在突围的时候，可能把很多破铜烂铁都扔掉了，但是这些破铜烂铁里面也可能有价值连城的国宝，当时他们来不及细细地分析。

“五四”为中国的现代文化开了一个头，这一点的价值是怎么估价也不会过分。但是，它也仅仅是开了一个头。中国的事情不是光靠这种文化激进主义的大声疾呼就能完全解决得了的，它还有社会的问题、经济的问题、科技教育的问题，这些问题都要我们一步一步地去解决。如果我们认为文化是万能的，一味地重复“五四”的做法，那么只能说明我们后人并没有看到自身的历史责任。一代人有一代人的文化责任。我们应该肯定“五四”，但是，没有必要重复“五四”，而应该走出“五四”，走到一个现代大国更加开阔、更加富有活力、更有创新性的这么一种文化境界上来。

至于“文化大革命”所发生的条件，和“五四”完全不同。它是以一种反文化的手段来推行一种“极左”政治，把整个国家的政治生活、经济生活以及人与人之间的关系置于一种非正常的失序状态，置于一种灾难之中。因此，我们对“文化大革命”的否定，不应该和“五四”联系起来。“五四”属于“五四”，“文化大革命”就是“文化大革命”，各有它的历史定位，各有它的是非功过。那种比附的做法是把历史简单化了。

[悉达多] 大家好！我叫悉达多，我是印度人。很高兴有机会和各位进行交流和对话。我研究的主要方向是不同文化中的冲突，以及可持续发展之间的交流。

[网友庄生刻意] 请问印度嘉宾，印度的种姓制度还存在吗？对印度社会有什么影响？谢谢！

[悉达多] 传统的种姓制度阶层分明，整个体系最上层的是“最纯种的人”，而处于最下层的则是“最不纯种的人”。但是今天随着民主的发展，这个种姓制度有了非常大的改变，比如几年前，印度的总统就是一位“贱民”，这在以前简直是不可想象的，而印度的总理是一位女性，这在以前也是不可想象的。那么，种姓制度更像成为了一种种族的划分，跟阶层和纯种不纯种关系越来越小。尽管如此，在传统种姓制度当中处于最底层的“贱民”仍旧是最贫穷的，而且他们也遭遇到最多的不公正的待遇和歧视。但是，“贱民”组织了很多的社会运动，为争取自己的权利而斗争。

[网友能娶能生] 杨义，我认为让所有中国人都心甘情愿地做奴才是中国传统文化最优秀的部分，正是这一优秀传统使中国文化能够传承五千年。

[杨义] 中国历史和文化发展的道路和西方是采取不同的

形式，钱穆先生曾经讲过一段话，中国的历史像一首诗，西方的历史像一出剧。戏剧是有开头、高潮和结尾的，是在尖锐的矛盾冲突中展开的，而诗往往是在一种和谐的旋律中达到它的高明的境界。所以，中国人既欣赏孔孟，又欣赏老庄，这种兼容的态度，在西方看来也许不那么的激烈，不那么痛快，但是它有一种潜在的深刻的生命力量。这种力量不应该完全把它看成是一种奴性。我们要改造国民性的同时，对于这种以柔克刚的民族性格，可以要求注入更多的刚强的因素，有更鲜明的批判立场，更强大的进取的姿态。但是，中国自老庄以来，这种以柔克刚的民族性格也是有它的生命力的，尤其是在现代社会的节奏非常急速的时候，有这种“上善若水”的坚韧的性格，也是一种力量所在。我们不能够简单地用英雄性和奴隶性这种二元对立的方法去评判一个民族的性格。

[网友浩风] 亨廷顿先生说世界的冲突将是文明的冲突，各位专家认为该如何加强文明间对话，让人类走向大同呢？

[杨义] 这位美国的老亨先生大讲文明冲突，是有一定的道理的。不同的文明之间有相异相斥的地方。但是如何观察、如何对待这个问题可以采取不同的立场，老亨先生的立场可能更多地以文明冲突这么一个概念掩盖了某种国家民族的利益。而我们作为一个主张人类和平共处、和谐共进的东方民族，更觉得应该在各种文明中进行对话。所谓对话就是有不同才需要对话，在不同中寻找同，在相异中寻找可以共同生存的东西，这才是人类的智慧所在。我曾经用过《说文解字》中一个

语义学的说法，二人为“从”，反“从”为“比”，“从”就是一种学习的态度，如果要求别人“从”，那就是一种勉强的、强迫的态度。世界的文明更需要的是“比”的态度，比肩而立。因为有多样性，才有所谓“比”的问题，“比比皆是”这个词不就是讲的是很多样吗？但是我们“比”的结果，不是要互相打个你死我活，而是从语义学的意义上再用一个词，就是“化”字，“化”左边是一个人，右边是一个人翻跟头，你的长处翻个跟头加入我的精神资源中来，我的长处翻个跟头加入你的文化资源中去，互相取长补短，共同推进人类的文明。这才是人类的福音所在。

[网友李方元] 嘉宾，你如何看待平等的社会价值和文化价值？你如何评价佛家众生平等的理念？

[悉达多] 我认为佛教对于我们的消费社会而言很有意义，佛教的中心思想就是没有任何东西是永恒的，苦难的原因就是因为我们有太多占有的欲望，希望控制，不愿意放手。目前的情况就是极度个人主义和市场价值联系起来，佛教可以教给我们很多东西，尤其是教会我们如何换一种方式生活。

关于平等问题，现今社会的主要挑战就是创建不同的团体，我们没有办法在缺少平等这个价值观的情况下创建一个团体。今天为了获得更多的权利和钱财而进行个人竞争的价值观比创造团体似乎更为重要。

[网友船山石] 如何看待学而优则仕这个传统？科举制度对中国文化有何影响？

[**杨义**]学而优则仕，早期儒家提出这个命题的时候，应该说是一个有正面意义的命题，它对于提高人类的文明程度起了相当的作用。我们总不能够让学而劣的人去当官，或者不学无术的只靠横蛮行事的人去主宰政治权力。但是长期以来，尤其到了宋明以后，我们就规定读书人只有一条路、一个独木桥，用八股文当敲门砖去打天下。这种学而优则仕就会把人类创造的智慧集中在一些“代圣贤立言”的刻板思想和雕虫小技上。比如我最近写了一篇文章，叫做《西学东渐四百年祭》，发表在《光明日报》上。现在你打开网页，可能各个网站都会有，包括人民网也有，讲的是意大利的传教士利玛窦遭遇中国的《四库全书》这么一个巨大的文明系统。利玛窦是1610年5月11日在北京逝世的，今年刚好是他的四百周年。这四百年来，中华文明的遭遇和教训是值得深刻反思的。实际上，利玛窦的价值就是告诉你，地球是圆的，在圆圆的地球的另外一个方位上已经发生了文艺复兴，但是，中国人并没有为此产生一种忧患意识。士大夫文人也读利玛窦翻译的《几何原本》，但是，当时的国家体制并没有把这种科学体系与工业技术的发展，作为一种体制结合起来，这文化是脱层的。一代一代的知识分子还是在八股文上翻跟头，如果他们也去搞科学技术，就是奇技淫巧，得不到社会的认可和起码的生活待遇。这种体制就妨碍了我们文明把握历史发展的机会。八股文这些东西如果孤立地看，它无非是把中国文字的特点用考试的方式，用“代圣贤立言”的思想取向表达的一种极致。但是，如果把它放在历史

的过程中看，它实际上造成了中国人才和智慧的极大的浪费，影响全民族把自己的才华和智慧用在社会进步和科学技术的发展上，所以造成中国的文明进程的滞后。这种制度脱层的弊病，是值得我们深刻反省的。

作为一个现代大国，怎么样使我们的文明形态在经济、社会、人文、科技各个方面不再脱层，而能够协调地发展，还是一个重大的问题。今天重人文而轻科技，明天重科技而轻人文，这种文化制度脱层的做法对一个民族的健康发展会带来很多负面的影响。

[网友hpty] 嘉宾，你如何看待所谓的“文化大革命”对中国文化的破坏？这种文化灾难主要体现在哪些方面？

[杨义] “文化大革命”把全国人民的政治热情用在一种反常的政治行为上，应该说是一个历史的大错误。它直接的影响是使我们的经济走向崩溃的边缘，使我们很多既有的人才受到虐待，同时使新的人才失去了成长和发展的机会。所以，说它是一场大灾难，一点也不为过。当然，它的文化标准完全是反文化的，把一切既有的文化都贴上“封资修”的标签加以糟蹋，造成人民精神上的荒芜，造成知识上的断层，使理应走上现代化历史过程的中华民族迷失了它的方向。这种教训是非常沉重的。

[网友jw111111] 请问嘉宾，如何看待北京区划调整中舍弃宣武崇文两个区名，而保留东西城？这是怎样的一种传统与现代的关系呢？

[杨义] 这可能是北京市政府要进行它的管理机制改革的一种做法。他们可能也进行了自己的论证。当然，宣武、崇文亦文亦武这样的区名是历史留下来的，但是当我们的城墙和城门都拆掉了的地方，只留下一个路标牌子，恐怕这里面也包含着很多令人惆怅的回想。如何保护和保存我们引以为自豪的历史记忆、历史见证，还是让它们在房地产商人的金钱欲望中吞没这些记忆和见证，实在是一个非常严峻的命题。至于东城、西城的称呼，是世界通用的，它只是把过去的内城分成两部分。好像很多问题可能还不能够光从名字上去看，要看你是怎么做的，实际上现在的城市建设的很多做法，是某些有权力的人和开发商联手，把我们的城市搞得一点味道也没有了。开发商当然愿意征一块地就榨干吃尽，盖很多高楼，但就是不种树。作为政府应该要求他们怎么样在城市建筑中融进民族的个性、城市的个性，把它搞成一个大家都有一种归属感的宝地。我们的城市建筑是不是应该有历史学家、地理学家、人文学家、艺术家来出点主意呢？或者是只担心他们的多嘴，往往会干扰了自己的好事呢？这些问题说说而已，说说而已。

[网友leining] 杨义先生，您好！目前中国文学萎靡不振，您认为中国文学的出路在哪里？谢谢。

[杨义] 把文学当做文学来尊重吧，不要只在文学里面看到商机或者金钱眼。中国人是有才华的，也有智慧的，是可以产生第一流作品的。因为我们产生过曹雪芹，产生过李白、杜甫，也应该产生很多当代的文学杰作、学术杰作。关键的问题

是态度、姿态和引导他们的制度。对于作家来说，不妨有一年写几本书的情况，去赶赶潮，解决买房子之类的问题，但是，作为一个有责任的作家，同时也应该有那么一两部“十年磨一剑”出来的精品杰作。现在的作家很多，很多人的才华都让我们吃惊，让我们羡慕，但是，才华要珍惜。知道珍惜的才华，才是能够发光的才华。

［网友jy望西北］上学的时候看过您的《中国现代小说史》，没想到今天来到了强国论坛，能否给我们这些爱好文学的年轻人提一些建议？

［杨义］爱好文学是一种幸福，是一种只有自己知道别人代替不了的幸福。读精妙且对胃口的诗词小说，会使你的情感得到一种抚慰，一种启迪，一种禅悦，岂不快哉！有机会有才华有能力的人可以把文学当成专门的职业，在其中追求生命的实现。但是不当做专门的职业，经常不带功利目的地读一点，也能够激活自己的灵感，能够提升自己的精神境界，能够激活自己对美的体验。这样看诗文、小说、戏剧、电影之类的文学作品，也是人生的一个乐事。

我因为长期做文学研究，所以，看到文学就做一些职业性的思维，不想读的书也得读，还要不断地写，也是一个苦差事。但是，辛苦之余，有时候也能够得到一些精神上的满足。如果网友们不是以此为职业，而是作为自己的一种兴趣、爱好，开卷面对美妙，我觉得，这何尝不是人生应有的一种精神享受呢？

人文这种东西不一定像炒股、炒楼盘马上能够见利，但是它是人所以为人的一个证明。你想想，在你的记忆中没有历史，在你的思维中没有哲学，在你的想象中没有美感，你还是一个完整意义上的人吗？所以，读点文学吧，使你成为一个更像人的人，一个有品位的人。

［网友不是我不爱你］作家不与工农兵结合是不是就写不出好作品？

［杨义］在战争年代，在艰苦建设的年代，提倡作家与工农兵结合，为这个社会承担一点责任，而且进一步开阔自己的生活的资源、生活的视野，这也是一种创作中的路子。但是在现代社会，在信息化的时代，人们的生活应该更加丰富多彩一些。当然，对社会大众的生活，尤其是那些具有强大的精神健康的创造者群体，进行了解和熟悉，我觉得也是创作者是不是有后劲，能不能创造出伟大的作品的一种准备。但是，不要把这些作为生活观察者和生活体验者的追求加以政治化，要让我们的生活回到原原本本的生活，让我们的人回到原原本本的人。从这里体验他们的喜怒哀乐，体验他们的善恶美丑，体验他们的失落和向往。这样的生活更丰富一些，感受更亲切一些，视景更开阔一些，情趣更高尚一些，可能对我们的文学的正常发展是有好处的。当然，每个人有每个人的生活，那也无妨，采取多种笔墨加以书写，不必强求一律。

［网友leining］悉达多先生，您好！您认为人类社会目前存在的最大问题是什么？如何解决？谢谢。

[悉达多] 现代世界对于每一个人有三样东西非常重要。第一件东西是个人的转变。如何从心理上感觉到被接纳，关键的价值观在哪里，这些价值观如何帮助我们培养新的价值观，从而对世界和自己都有一个积极的认识和看法。如果在意识的方面没有一个转变，我们就没有办法尽快建设一个更好的世界。如果我们只是对权力和个人的成就感兴趣，我们对自己和对社会都是一种不负责任的态度。第二件东西是在社会的角度方面承担起责任。在我的国家印度，有五亿人每天挣的钱不足两毛钱，而且这样的悲剧和丑闻全世界随处可见，因此，社会公正非常重要。第三件东西是我们和地球的关系，对于很多人类而言，地球成为一个简单的财富，其中汇聚了资源、矿石和所有我们可以在市场上自由买卖的东西。但是，我们忘记了地球是神圣的。在过去很多的社会认为地球就是我们的母亲，我们称之为“地球母亲”。如果我们不认为地球是神圣的，我们就没有动力去改善我们和地球之间的关系。今天，我们所做的一切就是正在摧毁很多人类在地球上生活的权利。这就是三个重要的挑战。

[网友leining] 昂赛乐女士，您好！目前国际上环保问题日益严峻，您认为达到人类与环境的平等相处有哪些具体的措施能够取得良好效果？谢谢！

[热那维埃芙] 人类似乎要从这条道路上走出来，但是，对灾难的意识可以拯救我们。我们所提倡的就是面对灾难时尽可能做到最好：面对天气灾难和经济的快速增长，我们应该

携手共进，共同寻找替代方案。如果我们不关注地球，地球也不会关注我们，我们必须改变前进的方向。我们建议城市和地区和市民们一起创造过渡阶段的领土，创造一个行动的领土。在这里，每个人都可以找到自己的一席之地，尽一己之力。

[网友leining]昂赛乐女士，您好！法国人的浪漫生活和革命情调如何在现代法国的科技、政治和社会领域达到互相促进？谢谢。

[热那维埃芙]我们是祖先的继承人，我们的祖先从史前文明开始就不遗余力地努力生存下来。但是，我们并不能就此将自己封锁起来，我们当中的每一个人身上都带有整个民族历史的所有印迹，随着各种文化的交融和个人以及团体历史的汇合，我们也成为多种文化和历史的复合体。在法国，我们就是这些文化交融的产物：反抗意识、革命精神、浪漫主义和博爱精神，但是我们也在努力学习吸收现代社会的精髓，这么做的目的并不是为了使科技更发达，而是使我们自身体现出更多的人文主义。

[网友庄生刻意]请问法国嘉宾：启蒙运动对今天的法国有什么影响？谢谢。

[蔚五海]对。启蒙运动在法国一直具有非常大的影响力，因为正是启蒙运动才产生了共和国的信条：平等、自由、博爱。但是，今天这三种信条经常受到挑战，很多民主运动和市民努力斗争，希望这三种信条能够得到更多的尊重。受到挑战最大的就是平等这个信条，因为收入和财富的不平等越来越严重。

在法国甚至出现了关于限制自由的争论，还产生了一个呼吁博爱的运动。这个启蒙运动非常重要，但是也需要重新认识和重新组织，因为它总是在科学技术的进步面前示弱，而忽视了其它方面更加重要的意义，比如说环保方面和人类之间的感情关系。我觉得这也是人类对话所面临的重大挑战之一。

[网友想唱就唱] 如何看待法国大革命？这是不是也代表了法国人的一种传统？

[蔚五海] 关于法国大革命的讨论，在今天的意义不如20年前重要。关于法国大革命，有一本重要的书是历史学家弗朗索瓦·福海写的，名字叫做《法国大革命结束了》。这本书当中对于大革命进程当中出现的很多专制危险进行了批评。但是，关于这个话题的讨论还在进行，因为我们还在对不平等的现象进行斗争，因为现在的中产阶级和工薪阶层总是付出的更多，而富人阶层总是能够享受到免税盾牌的保护。大部分的法国人希望能够减少不平等的现象，但这种效果要通过民主运动达到，而不是通过革命进行。如果这种不平等的现象继续存在的话，法国可能会再次进行大革命。

[网友丛林漫步] 在西方文化强势的情况下如何保持与发扬我们的传统文化？如何看待西方的优秀文化对我们的影响？

[杨义] 首先我们要有一种从容不迫的态度，它强势当然会给我们造成一种忧患意识和危机感，但是这种忧患意识和危机感应该转化为振兴我们的文化的元气和活力，等于一种

动力。我觉得我们的文化很重要的是要加强原创性，我们现在有些科班训练往往把年轻人训练成一种匠人。这种训练方法应该改变，应该能够入于其里，出于其表，把它只作为一个工具，作为我们追求思想文化学术之道的工具，不要让它套住我们的思想。实际上，在一个民族不断振兴的过程中，应该出现很多的思想家。问题在于我们往往在思考一个问题的时候，不能自己给自己一个说法，而总是拿着别人的说法来套自己的行为，这是思想创造的一个大忌。应该鼓励更多的自由的思想创造，把我们属于世界上第一流的文化资源转化为第一流的思想原创。我们自己做自己的事，自己走自己的路，风风雨雨，只要我们自己走好了，就没有什么了不起。但是，我们也要采取一种开放心态，看到西方的学者在思辨上的长处，和他对话的过程中，吸收他的有益的思想和智慧。所以，我在写我的中国叙事学的时候，提出了四句话的思想方法：返回中国文化的原点，参照西方的现代理论，贯通古今的文史，融合与创造新的学理体制。简单来讲就是八个字：还原、参照、贯通、融合。既不失掉我们的根基和血脉，也能够吸收当代世界的新的思想创造。因为中国的文化原点和西方的现代理论之间存在着一个很大的距离，这个距离就是我们进行文化对话和思想创造的空间。所谓吸收西方的优秀文化，应该是在对话中吸收，而不是简单地贴标签的吸收。对话就是两个思想的碰撞，会产生第三个思想，更高层次的原创性的思想。

[网友船山石] 嘉宾，你是中国鲁迅研究会会长，你如何

评价鲁迅？当代的鲁迅在哪呢？

［**杨义**］实际上我的研究范围非常广泛，我是“文化大革命”以后的第一代研究生，唐弢先生的研究生，所以我在研究生期间所做的论文是“鲁迅小说的研究”。这是我的学术出发点，所以，说我曾经是研究鲁迅的学者也还是可以的。但是我后来转到中国现代文学，尤其是中国现代小说的研究，再后来又转到古典文学，包括小说、诗歌和整个文化史的研究，现在研究精力主要放在先秦诸子发生学的研究。学术研究本来就是一种生命的体现、智慧的体现，不应该为一些学科的分界所“肢解”。

鲁迅是中国文化和中国文学从古典阶段转向现代阶段的一个关键的人物，他在我们的文化比较看重家族的时候强调人的独立意义，在比较多的从众的思维中，增加了否定的批判性的思维。所以，他是中国现代文化，包括现代思维的一个重要的奠基者。有鲁迅才有我们“五四”以来的文化的深刻性，我们都是他的思想探索的受益者。但我们现在所处的历史情景与鲁迅那时相比也有很大的变化，比如传统文化对我们的包围，他那个时候是一种沉重的、黑暗的闸门，他的伟大之处就是扛着这个闸门，把新的一代放到广阔的创造空间中去。而我们现在面临着传统的流失和缺失，所以，我们更要注重的是融合、创新的思维。有了鲁迅，我们的文化才增加它的锋利性，在他的锋利性中增加一些建设性，这是我们走向大国文化的一种作为。

鲁迅是左翼文化的主张者，在他那个时代主张左翼文化实际上是一种社会正义的体现，是对受压迫、受侮辱的弱势群体进行以笔为匕首，拔刀相助的“侠义行为”。什么时候我们都应该有社会的正义，使我们共享文明创造的成果。共创和共享是我们的历史的责任和义务。

[网友地球啊命根子] 请问嘉宾，说到保持传统和现代优秀部分，现代有哪些不优秀的部分？如何去除？不先去除就谈保持这是不是一句空话？

[悉达多] 不管是现代社会还是传统社会都有好的一面也有坏的一面，以印度为例，我们有“贱民”，也有主教，整个传统社会表现出的消极一面，主要体现在缺少个人创造、不同宗教之间的冲突。

而现代社会帮助我们在人权和民主问题方面取得进步。但是，现代社会的思想也失去了神圣的意义。在市场经济的背景下，人类都丧失了自己的灵魂。人类成为相互的威胁，甚至敌人，尤其是当我们不计代价地寻求成功和进行竞争时。比如当我们学习原著居民的社会时，我们发现他们的合作价值观要比竞争的价值观重要得多。我们发现他们是相互交融，相互依存的。地球是神圣的，并不是追求利益的产物。在所有的传统社会，人类的生命要比物质的成功重要得多，或许我们可以用精神价值来定义这个现象。现代社会的理性丧失了精神的意义，当我们以一种批判的眼光看待传统社会和现代社会时，我们就可以寻找出当今很多问题的答案。

[网友今天你跪了吗] 嘉宾好，民主和自由，是否应该是优

秀文化的前提和内涵？

[**悉达多**]市场经济的价值观完全绕过了民主，像自由、平等、博爱这样伟大的价值观，并没有在民主的社会当中得到足够的尊重。具有代表意义的民主，实际上是和很多政治、经济集团有着直接的冲突。因此，民主并不是为公民的利益服务的。但是，多年以来，参与性的民主意识取得了显著进步。真正的民主意味着权利和责任的共同体。但是，现代的个人主义更多地强调了权利，而忽视了责任和义务。这就是个人主义的价值观和市场经济价值观结合的产物。为了让民主真正发挥其作用，应该将人类和整个地球联系起来看待问题。

[**杨义**]网友朋友们，谢谢大家和我这么长时间的聊天，给我很多思考的维度，给我的思想之琴增加了很多旋律，拨出了很多或者好听或者不太好听，或者是美妙或者是浅薄的各种声音。感谢大家耐心听我的这种声音。谢谢大家！

[**悉达多**]中印两国是邻居，我希望两个国家的年轻一代要学会相互欣赏，我们可以克服目前的政治猜疑。中国拥有令人敬仰的文明，将教会整个世界许多知识。这些知识将帮助我们解决社会不公正的问题，也教会我们如何解决将来的自然灾害。很高兴能够和在座的中国朋友们进行交流。

[**蔚五海**]很遗憾，我必须现在跟你们说再见了。很高兴能和你们共度美好的一天。

（原刊人民网 · 强国论坛 2010 年 7 月 2 日）

《天问》新解

中国文学经典能为人类的审美精神作出贡献的原创性何在？它们在人类审美精神史上，居于何种不可代替的地位？不是简单地套用西方思潮流派的术语，而要进入中国文学经典的本质和内在脉络，提供一套符合中国经典实际的现代话语，这确实是对中国学者的学术创造能力的严峻考验。屈原的《天问》是一篇旷古奇诗，它在两千多年前出现，也是人类文化史的一大奇迹。它在人类从神话、巫风走向文人独立创作的黎明期，找到了人与天对话的独特而深有意味的形式。它在人类精神史上第一次采取类乎意识流的时空错乱的形式，这在西方世界直到两千年后，才有爱尔兰作家乔伊斯的《尤利西斯》和法国作家普鲁斯特的《追忆逝水年华》一类作品，在现代小说领域另开新潮。至于它借天问人，对天地开辟、人类创造、历代存亡、楚国兴衰等数十个命题，连续发出一百七十余问的独特形式，也开拓了人类精神空间的巨大可能性。

历代《楚辞》注家和研究者，对于疏通《天问》的章句，解读其间的语义和典故，花费了大量的心力，积累了丰富的材料。但评注者往往缺乏对诗学的深度把握和充分的现代世界视野，出诸对《天问》形式的迷惑不解，有时就把它那种次序纷纭的诗歌形态，简单地断定是“错简”。先秦书籍以竹简编连成册，年久编绝，错简现象时有发生，也是难以避免的事情。但是屈原的作品，《离骚》、《九歌》在前，《九章》在后，中间夹着一篇《天问》，为何前后都无严重的错简现象，惟独《天问》错乱得一塌糊涂？既然说“错简”，你能找到不错乱的原简吗？这纯属臆测之词。合乎情理的解释只能是，《天问》的形式太独特、太超前了，错就错在研究者的思维逻辑与《天问》的诗学逻辑（或称“超逻辑”）没有对上号，从而使人类诗歌发生史上最有原创精神的一种表现形态从自己眼皮底下产生误读，或一闪而逝。

一、人类思维史第一次大规模的时空错乱

关键在于把研究思路返回到屈原之所以为屈原的本来状态，而不是以研究者习以为常的思路强迫屈原的天才就范。这种“还原研究”，乃是建立具有中国特色的诗学体系的逻辑起点之所在。面对《天问》的奇异形式，东汉王逸认为屈原采取了祠庙壁画的思维方式。他说屈原在流放期间，忧心愁悴，仰天叹息，看见楚先王庙和公卿祠堂画着天地山川神灵和古代圣贤、怪物的行事，因而在壁上题诗，“呵而问之”，以发泄满腔的愤懑。这就是流传千古的“屈子呵壁”的佳话。王逸对《天

问》的解题，触及两个发生学的问题：一是《天问》源于楚风，二是《天问》沟通了诗与画的思维。王逸是楚地人，他的判断包含楚人的审美经验、思维方式、本土传闻、地方文献的成分。王逸与《天问》的心理距离近，后世学者的猜测与《天问》的心理存在隔膜。

《天问》的形式灵感，与祠庙壁画的构图方式相通，这是非常重要的发现。王逸的儿子王延寿曾经写过《鲁灵光殿赋》，王逸对儿子的鲁地考察和辞赋写作是了然于心的。王延寿的赋记述西汉前期，也就是离屈原仅一百多年的一座宫殿的壁画。其中描绘从天地开辟以来的神话传说和历史故事，山灵海怪，千姿百态，是极其富丽而奇诡的，可以作为乃父对《天问》的解释的注脚。其中写道："图画天地，品类群生。杂物奇怪，山神海灵。写载其状，托之丹青。千变万化，事各缪形。随色象类，曲得其情。上纪开辟，遂古之初。五龙比翼，人皇九头。伏羲鳞身，女娲蛇躯。鸿荒朴略，厥状睢盱。焕炳可观，黄帝、唐、虞。轩冕以庸，衣裳有殊。下及三后，淫妃乱主。忠臣孝子，烈士贞女。贤愚成败，靡不载叙。恶以诫世，善以示后。"其中的"遂古之初"一词，就是采自《天问》。鲁恭王是汉景帝程姬之子，是汉武帝的异母兄弟，于汉景帝前元二年（公元前155年）被立为淮阳王，次年改任鲁王。刘邦得天下，导致楚风北上，西汉前期王室崇尚楚风。因此鲁恭王营造的富丽堂皇的灵光殿，属于楚风建筑，其中的壁画是可以同相距只有一百余年的屈原所见楚先王庙和公卿祠堂的壁画相参照的。

人类以不同的方式反映、认识和把握世界，方式虽殊，却因本源相同而存在着许多相通之处。明代宋濂《画源》中，提出“书画一源”说，认为“仓颉造书，史皇制画，书画非异道也。非书则无记载，非画则无彰施，二者殊途而同归。六书始于象形，象形乃绘事之权舆。形不能书象，而后会之以意。意不能尽会，而后谐之以声。声不能尽谐，而后求之以事。事不能尽指，而后转注假借之法兴焉。书者，所以济画之不足也。使画可尽，则无事书矣”。由于众艺存在着相通之处，在中国古代，书画兼工，以诗入画，借画题诗，诗中有画，画中有诗，成了士大夫的一种人文情怀。有一种与王逸、王延寿父子同时的图画，就是至今犹存数以千计的汉代画像石。对汉画像的结构方式和思维方式进行解读，使我们对《天问》的时空错乱的诗学逻辑，了然于心。比如山东嘉祥武梁祠西壁的石刻，画面分为五层，既有西王母等神仙灵异，又有伏羲、女娲一类神话人物，以及神农、黄帝、夏禹、夏桀等传说中和历史上的帝王；还兼杂着曾母投杼、老莱子娱亲等道德故事，以及曹沫劫齐桓公、荆轲刺秦王等历史故事，并辅以车马出行一类世俗画面。这些图画的视角，都是富有流动性和跳跃感的。聚集在一起，就打破了时间、空间的限制。至于其他汉画像石，虽然画面不及上面所述武梁祠画像那么丰富，却颇有一些充满设想怪异、时空跳跃和错乱的画面，对观者当能产生一种匪夷所思的心理冲击力。

屈原的天才正在于体悟到诗与画可以相通，从而把祠庙壁画的结构方式，转化为诗学的超逻辑，从而在人类文化思维史上首创类乎意识流的时间错乱的表现形式。它不是从现代心理学的角度，而是从诗画互通这个古老的命题上实现这种创造的。明人谢榛《诗家直说》卷二引张崇德的话说："屈原《天问》全学庄子《天运》，信庄子寓乎忘形，屈原滞于孤愤。"这也就是"《天问》灵均意不平"的意思。被流放而孤身离开楚都的屈原，满腔的冤屈悲愤无处发泄，他以"楚之同姓"的身份，看到描绘楚族的神话传说和历史记忆的祠庙壁画，自是百感交集，五内若割，他的卓越的诗学智慧把握了这种人与祖宗祠庙壁画相照面的精神恍惚、时空错乱的瞬间，将之作为表达内心的孤愤、不平和思绪纷乱的美学方式，在跳跃性的联想及"文义不次序"中，尽情地"以洩愤懑，舒写愁思"。天才之所以为天才，就在于他能够发现和把握住开辟出新的审美可能性的千古一瞬间。

中国人应该挺直腰杆，承认两千年前这部杰作的原创权利，无须以一种不平等的态度觉得西方人在两千年后的创造才算创造。《天问》可以在谈论着天地生成的时候，突然跳到人类起源；在谈论夏前期动乱的时候，跳到成汤灭夏，又跳回舜帝的婚事。它对夏代的历史格外关注，显示了与中原的神话传说甚是不同的是非评判。比如在鲧禹治水上，它认为鲧是"顺欲成功"，顺从众人的欲望取得成功，并且质问尧帝，对于有功之人"帝何刑焉？"又认为大禹治水，是"纂就前绪"，继承鲧的遗业，使亡父的业绩功成名遂。这与《山海经·海内经》所说的"洪水滔天。鲧窃帝之息壤以堙洪水，不待帝命。帝令祝融杀鲧于羽郊。鲧复生禹。帝乃命禹卒布土以定九州”，存在着根本性的差异。诸如此类的时空跳跃，有顺跳、逆跳、正接、反接，使许多带有楚族印记的神话传说、历史记忆，在相互连接与错位之间产生了耐人寻味的结构性意义，从而形成了一个处于有序与无序之间的“寓意结构”。这也就是清人龚自珍诗所说的“《天问》有灵难置对”了。这才使得司马迁深感《天问》言志之深切，将之与《离骚》诸篇并列，在《史记·屈原贾生列传》结尾，附上这样的“太史公曰”：“余读《离骚》、《天问》、《招魂》、《哀郢》，悲其志。适长沙，观屈原所自沈渊，未尝不垂涕，想见其为人。”司马迁认为，《天问》是屈原笔下可以见其志、见其人的几篇重要作品之一。假若借“错简”为名，把其中的资料按历史顺序排列一遍，那么清楚明了是清楚明了了，却失去了诗之为诗的热力所蕴，精华所在，把天才的诗降格为平庸的历史类书了。

二、以天问人的原始想象力

同样意味深长的一点，是“天问”不同于“问天”，发问的主体是天，是屈原借天发问。这也是从人类原始想象力中迸发出来的石破天惊的抒写方法。在这一点上，王逸解说的“何不言问天。天尊不可问，故曰天问也”，就未免以常人之心揣度旷世诗人之腹，难以得其要旨。《天问》的开头是一个“曰”字：“曰：遂古之初，谁传道之？上下未形，何由考之？”这个“曰”似乎从天外飞来，十分突兀。谁在“曰”？“曰”字处在开宗明义的紧要处，属于必须认真考究，不能轻易放过的要害问题。先秦古籍有个惯例，开头二字与题目相同，可能就省掉这两个字，因此和诗题加以联系而填补，开头就是“天问曰”。天在发问：宇宙发端的初始之时，天地上下浑然一体，人更是没有踪影，那时的状况是谁传说和考辨出来的？以天来质疑超出了人间的神话传说，有点类乎“肺腑如能言，医师面如土”，从而在人类思维史上最早地以理性怀疑主义走出神话的混沌了。这就是刘勰《文心雕龙·辨骚》所说的“《远游》、《天问》，瑰诡而慧巧。……故能气往轹古，辞来切今，惊采绝艳，难与并能矣”。

有意思的是，《庄子·天下篇》提到：“南方有倚人焉，曰黄缭，问天地所以不坠不陷，风雨雷霆之故。”可见人天对语，是楚人的原始思维方式。但是，屈子《天问》与“黄缭问天”的思维指向，恰好相反，“反者道之动”，它赋予诗学思维以新的生命。既然天在发问，它就不必拘泥于人间的历史时间，随意从或远或近、或东或西的时间、空间上，拈来问题，表达它的质疑。在笼罩万象而恒久长存的天的面前，人间的时空顺序是微不足道的，错乱一下又有何妨？因此，王国维《屈子文学之精神》说：“《天问》、《远游》凿空之谈，求女谬悠之语，庄语之不足而继之以谐，于是思想之游戏更为自由矣。变《三百篇》之体而为长句，变短什而为长篇，于是感情之发表更为宛转矣。此皆古代北方文学之所未有，而其端自屈子开之……周秦间之大诗人不能不独数屈子也。”

《天问》人天对语，时空错乱的美学方式，给中国诗歌拓展了人天对语的浩渺无垠的空间。苏东坡的《水调歌头·明月几时有》，也是人天对语。梁启超在《中国韵文里头所表现的情感》一文中说：“苏东坡的《水调歌头》便是一个好例：‘明月几时有，把酒问青天。不知天上宫阙，今夕是何年？我欲乘风归去，又恐琼楼玉宇，高处不胜寒。……’这全是表现情感一种亢进的状态。忽然得着一个‘超现世的’新生命。令我们读起来，不知不觉也跟着到他那新生命的领域去了。”宋人汪莘《方壶诗馀》对苏东坡人天对语的想象方式，进行探源说：“东坡云‘明月几时有，把酒问青天’，本于太白问月云‘青天有月来几时’。太白云‘今人不见古时月’，本于《抱朴子》云‘今月不及古月之朗’。《抱朴子》所言非绮语也，深思而得之，诚有此理。”苏东坡与李白的人天对语的想象方式，存在着渊源关系，是明显的；但是只是溯源到《抱朴子》，就未免有点拘泥于表面的文字了。它们更深刻的源头，在楚辞。清人沈德潜《说诗晬语》卷上，就把李贺诗的源头，上溯到楚辞：“李长吉诗，每近《天问》、《招魂》，楚骚之苗裔也。”明人徐渭《读文信公仙岩祠集焚吊》：“每疑天意不分明，枉杀呼天问屈平。诸葛既难扶后主，庐陵何用产先生。”吉州庐陵是文天祥的家乡，徐渭在仙岩的文天祥祠焚稿祭吊时，是以问天的方式，责问天意对志士仁人的不公。

三、楚骚之苗裔的人天对语

于此不难感受到，“楚骚之苗裔”们的审美思维形态已经发生了巨大的改变。屈原的人天对语来自楚人的原始思维，在就神话传说和历史记忆进行质疑、反思和超越中，在思维方式上还遗存了神话性。而李白、李贺、苏轼的“楚骚之苗裔”式的诗作，把混沌苍茫的人天对语，转移到人月对语，就带有更多的文人潇洒情怀了。辛弃疾的《木兰花慢》词的小序说：“中秋饮酒将旦，客谓前人诗词有赋待月无送月者，因用‘天问体’赋。”其词曰：“可怜今夕月，向何处、去悠悠？是别有人间，那边才见，光影东头；是天外、空汗漫，但长风浩浩送中秋？飞镜无根谁系，姮娥不嫁谁留？谓洋海底问无由。恍惚使人愁。怕万里长鲸，从横触破，玉殿琼楼。虾蟆故堪浴水，问云何玉兔解沉浮？若道都齐无恙，云何渐渐如钩？”王国维《人间词话》赞赏这首词的神悟，与近代科学有不谋而合之处：认为“（辛）稼轩中秋饮酒达旦，用《天问》体作《木兰花慢》以送月，曰：‘可怜今夕月，向何处、去悠悠？是别有人间，那边才见，光景东头？’词人想象，直悟月轮绕地之理，与科学家密合，可谓神悟。”辛弃疾借着酒兴，送别中秋明月，也发出五六次推测落月行踪的疑问，但这种疑问发自欢乐之余的惆怅，较少屈原《天问》的孤愤的热力。

年代比辛弃疾略晚的南宋方岳，有《哨遍·问月》词云：“月亦老乎，劝尔一杯，听说平生事。吾问汝，开辟自何时，有乾坤更应有尔？年几许。鸿荒邈哉遐已。吾今断自唐虞起。繄帝曰放勋，甲辰践祚，数至今、宋嘉熙。凡三千五百二十年余。嗟雨僽风僝几盈亏？老兔奔驰，痴蟆吞吐，定应衰矣。噫！月岂无悲。吾观人寿几期颐。炯炯双眸子，明清无过婴儿。但才到中年，昏然欲眊，那堪老矣知何似。试以此推之，吾言有理，不能不自疑耳！恐古时月与今时异。恨则恨今人不千岁，但见今、冰轮如洗。阿谁曾自前古，看到隋唐世？几时明洁，几时昏暗，毕竟少晴多雨。须臾月落夜何其。曰先生、置之姑醉。”这似乎是一个沧桑老人，阅尽宦海风波，被贾似道辈打击罢官之后，与明月相对，把酒聊天。借着感慨明月圆缺晦晴，以浇胸中块垒。方岳又有《哨遍·用韵作月对和程申父国录》词："月曰不然，君亦怎知，天上从前事？吾语汝，月岂有弦时，奈人间井观乃尔。休浪许，历家缪悠而已。谁云魄死生明起，又明死魄生，循环晦朔，有老兔、自熙熙？妄相传、月溯日光余。嗟万古谁知了无亏！玉斧修成，银蟾奔去，此言荒矣。噫！世已堪悲。听君歌复解人颐。桂魄何曾死，寒光不减些儿。但与日相望，对如两镜，山河大地无疑似。待既望观之，冰轮渐侧，转斜才一钩耳！论本来不与中秋异，恐天问灵均未知此。又底用、咸池重洗？乾坤一点英气，宁老人间世。飞上天来，摩挲月去，才信有晴无雨。人生圆缺几何其？且徘徊、与君同醉。”明月对人间提问的回答，倒是采取以天答人的抒写角度。月的回答，是那样平心静气，准情度理，酿造了天上人间超逸旷达的境界。

屈原的《天问》本来就有问月的诗行："日月安属，列星安陈？……夜光何德，死则又育？厥利维何，而顾菟在腹？”屈原提供的这种精神行为原型，在历代诗词中埋下了一条潇洒飘逸的精神线索，在人月对语中将生命的灵气辐射到天宇。《天问》捧出了一轮有白兔，或如闻一多《天问释天》所说的有“蟾蜍”，并且缺了又圆、“死则又育”的明月，赋予它人天对语的灵性，这是屈原奉献给历代诗人的珍贵礼物。他们在政治荣衰、世道崎岖中，拥有一个时时光临，不离不弃，天真无邪，可以默默相对、呢呢细语的永恒的朋友。

（原载《今晚报》1997 年 7 月 26 日，2014 年 1 月修订）

第二辑　诗性情缘

唐宋名篇朗诵缘何热而不衰

回眸1999年，从春节期间江泽民主席出席“中国唐宋名篇音乐朗诵会”，到千年之交唐宋名篇朗诵会的持续火爆，人们发现：唐宋名篇朗诵热成为1999年里人们艺术欣赏中一个久热而不衰的保留节目。

唐宋名篇朗诵缘何热而不衰？这的确是一个值得深思的文化现象。

唐宋名篇的效应，正在于它是文学艺术深入到广大民众精神世界的切入点。唐宋名篇是我国文学史上最有生命力的瑰宝。它非常精粹又非常大器，非常朗朗上口又非常移人性情，非常经典化又非常具有精神探索的锐气。千百年来，唐宋名篇已经成了我们民族精神的约定俗成的教科书，成为一种长效的民族素质的滋养剂。人们自小朗诵孟浩然的“春眠不觉晓，处处闻啼鸟”，朗诵王之涣的“欲穷千里目，更上一层楼”，在铿锵悦耳、脱口而出中，不知不觉地体验到人对自然生命的关心，体验到登高望远的心胸舒展。一种美妙的修养和哲学毫无痕迹地从你的口中渗入你的血液，渗入你的生命感受的深处，成为你生命的一部分。

唐宋名篇的存在，说明中华民族是一个具有原创能力，而在精神世界上又气象万千的民族。它追求着美，厚爱着美，又创造着美。你要磨锐你的美学感觉吗？请读一读王勃的“落霞与孤鹜齐飞，秋水共长天一色”，请读一读杜甫的“无边落木萧萧下，不尽长江滚滚来”。也许你想使胸怀壮阔，那就不妨读过王湾的“潮平两岸阔，风正一帆悬”之后，再读李白的“黄河之水天上来，奔流到海不复回”。通过阅读，我们以内模仿的方式参与了诗人美不胜收的诗创造，从而把诗人点醒山水的眼睛的过程，转化为点醒阅读者感知山水美的心理过程。

唐宋名篇与土地结缘，便滋润着我们这块土地，赋予它以诗情画意的丰厚的文化内涵。王勃笔下的滕王阁，崔颢笔下的黄鹤楼，范仲淹笔下的岳阳楼，欧阳修笔下的醉翁亭，苏东坡笔下浓妆淡抹的西子湖，柳永笔下的钱塘烟柳画桥，这些建筑一经妙笔点额，均成举世闻名的胜地。千百年来，它们带着这些名家名作的文化品格和文化情调，赏心悦目地浸染多少登临者的文化和审美的趣味。苏东坡的一首《念奴娇（赤壁怀古）》和前后《赤壁赋》创造出一个“人文赤壁”，与周公瑾、曹孟德的“历史赤壁”相得益彰，引发人们对千古风流人物在急浪淘沙中历史命运的深沉思考。

具有崇高的人格美和深刻的智性美的唐宋名篇，作为异常珍贵的精神文化资源，提供了人们观察世界智慧的眼光和对待社会人生的价值系统，其间更沉积着一个伟大民族不灭的精魂。诵读范仲淹《岳阳楼记》的“先天下之忧而忧，后天下之乐而乐”；杜甫的“安得广厦千万间，大庇天下寒士俱欢颜”；岳飞的“壮志饥餐胡虏肉，笑谈渴饮匈奴血”；辛弃疾的“醉里挑灯看剑，梦回吹角连营”；陆游的“王师北定中原日，家祭无忘告乃翁”；文天祥的“人生自古谁无死，留取丹心照汗青”等名篇名句，怎能不感慨万端。千百年来，人们正是从这些自己熟悉的历代传诵的名篇中，发现历史透视镜、人生启示录和民族正气歌。

无疑，唐宋名篇还蕴含着诗化了的哲学，以诗人的生命感觉过滤了的哲学。从中你可以感受到宇宙的奥秘、生命的启悟，感受到瞬间对永恒的质疑，梦幻对现实的超越。但这些都不是逻辑推理所得，而是在直觉中感悟到一种哲学的可能性，感受到某种玄妙的哲学命题和哲学境界对你的灵魂的提升。它将把你的精神释放到一个自由翱翔的空间，点燃创造性的生命灯火。

苏东坡的《题西林壁》相当典型地体现了宋诗追求理趣：“横看成岭侧成峰，远近高低各不同”，既是写诗人宛转曲折的游山行踪，又是对从不同角度观察事物所获得真理的相对性的感悟。这些感悟使诗人思量超越自我的局限，揭穿“当局者迷，旁观者清”的人情事理的秘密，点明“不识庐山真面目，只缘身在此山中”。然而诗的哲学总是以浑融蕴藉者为多，它不落“哲学之痕”，却引诱你体验着“哲学之味”。王维的《鸟鸣涧》说："人闲桂花落，夜静春山空。月出惊山鸟，时鸣春涧中。"这里又有哪句说理？纯然是一幅春山夜色的水墨小品。但它以一片虚静的心情，听取自然生命的动静信息，在给人微妙的禅趣之时引导你进入一个明净无瑕的哲学境界。境界当然有大小之分，鸟鸣涧的境界小得玲珑剔透，而张若虚那被认为"以孤篇压倒全唐"的《春江花月夜》，则显得境界波澜壮阔："春江潮水连海平，海上明月共潮生"。它回环往复地渲染着春、江、花、月、夜的多重意象，在惝恍迷离的情境中向宇宙的奥秘发出无从对答的质问："江畔何人初见月？江月何年初照人？人生代代无穷已，江月年年只相似。不知江月待何人，但见长江送流水。"这里以江天明月作证，体验着个人生命的有限性和人类总体生命的无穷性。

半个多世纪前，梁启超在《要籍解题及其读法》中说："吾以为凡为中国人者，须获有欣赏楚辞之能力，乃为不虚生此国。"这句话移于唐宋名篇，也是十分适合的。作为中国人而缺乏欣赏唐宋名篇的能力，当是精神素质上的一大缺陷。唐宋名篇，是具有东方神韵的语言感觉、世界感觉和人生感觉的富有魅力的民族经典。从关于人的文化风范和精神素质的意义上说，"唐宋名篇音乐朗诵会"传播出来的唐音宋调，回响在中国大地的上空，乃是面向新世纪的人文精神建设所不可或缺的。

（原载《中国青年报》1999 年 12 月 19 日）

李杜诗学的当代价值

今年是李白一千三百周年诞辰，西方一些学者认为，这一千年最伟大的诗人是莎士比亚，再上一千年最伟大的诗人是李白。诗是一种青春的文学形式，人类最初的生命呼唤是诗。诗乃文之魂，有诗性然后才有散文。朱光潜说，诗的起源是以人类“天性”为基础。《淮南子·道应训》说：“今夫举大木者，前呼‘邪许’，后亦应之。此举重劝力之歌也。”这就是“人籁悉归天籁”，或“天籁自鸣天趣足，好诗不过近人情”了。唐朝人是把诗作为最高精神形式的。李白诗是青春的诗，杜甫诗是老成的诗，他们或代表诗学的潇洒，或代表诗学的沉痛，掀开了中国诗学最灿烂的一章。解读他们，实际上是解读中国文明史的诗性风采。

《李杜诗学》的逻辑起点是经典重读和个案分析。当一种具有中国特色的现代诗学开始探索和草创的时候，经典重读和个案分析，就是把它的根基深深地扎在中国经验的丰厚土壤之中。伟大的个案具有千古不磨的权威性，它们以天才的敏感和深刻的体验，联结着一部文明史和充满着正反经验的诗歌史。经典重读，实质上是解读中国年轮的横切面。这对于理解中国文化渗透于诗学的特殊效应，对于理解中国诗人表达生命意义和世界感觉的原创性形式，对于建立现代中国诗学的理论体系，都具有实质性价值。实际上，西方具有创造力的文论家，也多采取经典重读、细读和深读的理论建构方式。拜伦《唐璜》中的魔鬼说，理论家是绿色原野上吃枯草的动物，这是讽刺那些只会从概念到概念的推理方式的枯燥的理论家。经典重读和现象还原，将会使理论家返回林木参天、繁花竞秀、百鸟和鸣的绿野。这样的理论家具有“文学史家—思想家”的综合素质。20世纪50年代，法国批评家乔治·布兰研究19世纪前期的斯丹达尔，创立法国小说诗学；20世纪60年代托多罗夫研究14世纪《十日谈》的“语法”，建构叙事学原理；苏联理论家巴赫金研究16世纪拉伯雷的《巨人传》和19世纪陀思妥耶夫斯基的小说，建立以“对话原则”为基点的文化诗学。这些具有世界影响的诗学理论，都是从经典重读中汲取灵感、资源而形成学理体系的。

应该看到，中国古代诗歌创作的智慧价值，是远远大于中国古代诗话的智慧价值的。以当代知识视境直接面对诗作而参照诗话，得到的是“原生诗学”；而主要面对诗话而参照诗作，得到的却是“再生诗学”了。因此，我们应该还原出文化李白、文化杜甫，从他们的文本中感悟李白生命、杜甫生命。李、杜上承诗、骚，尤其是屈、宋；汲取古诗和建安诸子，尤其是曹植；对六朝“文选学”和乐府，尤其是二谢、鲍照、庾信，都有深切的会心。他们实际上是胸罗诗骚以降千年诗史的取精用弘的创造者。无千年诗史，不能造就李、杜之大；无李、杜之大，不足以测千年诗史之深。在李杜研究中，我致力于清理汉魏六朝的文献，尤其是诗和乐府文献，梳通各种意象、思维方式和文体类型的来龙去脉，力求以知识含量的渊博性来托起学理体系的创新性，其间涉及史学、哲学、美学、艺术、心理学、人类学、社会学、语言学、篇章学及计算机科学、基因工程理论诸多学科的综合知识。当然，如此多学科知识不是要淹没自己，而是要在知识密网中沉思默察，寻找出一条独到的、新锐而明澈的思想方法。

以文化为外在语境，以生命意识为内在脉络，李杜诗学研究过程，实际上是研究者以生命感悟与千古诗人的生命表达订立精神契约的过程。“千家注杜”，“中外崇李”，前人已从文献学、鉴赏学、社会学的角度研究李、杜，取得辉煌成就。但辉煌与阴影同在，一些研究者似乎被浪漫主义、现实主义这类笼而统之的门槛挡住，未能深刻地系统地剖开李杜诗学的本质。这是诗学研究中堪称“蜀道难”的现象：“一夫当关，万夫莫开”，“其险也如此，嗟尔远道之人，胡为乎来哉！”你研究李、杜，如何沟通古今智慧，又如何以现代智慧形式与当代世界对话？于此必须以清明莹洁的心地和敏慧灵动的悟性，毫无遮蔽地面对李杜原原本本的审美经验，清风徐来，渣滓悉去，电光火石，千古一瞬，豁然开朗地辨认出那些属于李杜、也属于中国诗学的有专利权的大智慧。诗与酒之因缘，到了李白出现质的飞跃，超越了竹林七贤酒即人生和陶渊明酒可思玄的境界，而把醉态转化为一种诗学思维方式，有若怀素把醉态贯注于笔法之中一样。诗与史这两种优势文体到了杜甫，发生了历史性聚合，诗被史化而带上凝重感，史被诗化而带来更多哲理的超越。在古体诗走向近体诗的黄金时代，李、杜以丰沛的创造激情、奇丽的想象能力、深厚的形象意义和精美的语言功力，使篇幅不长的诗歌成为我们民族流传最广的不朽的精神形式。

诗学不仅要加深对生命和文化的理解，而且要由理解激发出乐趣。诗学乐诗，才能使诗的生命生生不息。清人吴乔辨析诗与文的体制词语不同，认为“意喻之米，文喻之炊而为饭，诗喻之酿而为酒。饭不变米形，酒形质尽变”。文饭、诗酒之喻，印证了李白的醉态思维方式对于诗学，具有本质的意义。在他的诗中，出现了人与自然赊借生命的奇思妙想：“暂就东山赊月色，酣歌一夜送泉（渊）明”；“且就洞庭赊月色，将船买酒白云边”；“天借一明月，飞来碧云端。故乡不可见，肠断正西看”。这一连串的把天上的明月或月色当作左邻右舍的日常用品来赊借，体现了万物皆灵的人与自然的亲和感以及生命移植的诗学原则。18世纪德国哲学家鲍姆嘉通创造的“美学”一词带有“感性学”（Aesthetik）的意思，与古希腊的“知觉经验”（Aisthesis）相通。因而杜诗中感觉优先的诗学原则，也带有本质意义。他有不少颜色词打头的句子，比如雨后游山林，说是“绿垂风折笋，红绽雨肥梅”。先感觉到颜色，再补述颜色变异的原因，似乎打乱了正常词序，却还原出人感觉世界的心理过程。从长江上游坐船迅行，又有“青惜峰峦过，黄知橘柚来”的妙句，青色是峰峦闪过，可知舟行之速，黄色知是橘子、柚子熟了，可知秋色已深，这其间存在着深刻的感知哲学，词序词性的非散文化或反散文化，蕴含着生命的颤动。这些研究已使我们充满着乐趣和信心：中国数千年诗歌的汪洋大海，完全可驶出一艘举世惊为一绝的漂漂亮亮的现代诗学的帆船。我们没有必要抱着金饭碗去讨饭，“朝扣富儿门，暮随肥马尘。残杯与冷炙，到处潜悲辛”，那样讨来的饭是酸涩的。面对科技信息化已使全球文化碰撞的对话几乎处在零距离的简便，我们有必要对中国博大精深的文化经验和智慧进行现代学理的深开发，重释中华文化的精神内涵，重绘中华文化的整体图景，为中华文明在新世纪全面振兴提供精神文化动力。

（原载《中华读书报》2001 年 8 月 8 日）

李白的醉态诗学思维

中秋节我在人民网的“强国论坛”上，与海峡彼岸的同胞作了亲情和文化方面的对话。有朋友问我，你最欣赏的中国作家是谁？

我喜欢的古今作家不少，各有自身的个性和魅力。既然不能回答一大串，当时的回答就是在古代最欣赏李白，他那种神奇而自由不羁的想象，以及“清水出芙蓉,天然去雕饰”的举重若轻的文字运用，都散发着不可抗拒的审美魅力。现代作家最欣赏的则是鲁迅，因为他深刻而犀利的文笔，使我们了解到我们是什么样的中国人。

在纪念李白一千三百周年诞辰的时候，我们有必要思考一下李白在中国精神文化系统中占有何等位置。因为有的外国人士认为，这一千年最伟大的诗人是莎士比亚，再上一千年最伟大的诗人是李白。李白诗成为中国诗学才华的一个象征。我少年时代，在镇政府所在的一所旧楼的彩画玻璃上，看到一联对子：“羲之笔法，铁画银钩；太白文章，锦心绣口。”大概也是套话，给我的印象却至今未忘。

李白是中国最深入人心的伟大诗人之一。他将长江文明、西域胡地文化的气质，带入中原诗坛，给唐朝诗坛增添了活力。他最让人诗兴焕发，才华灵动，神气飘逸，心胸俊爽。这对于行为拘谨、思想沉重、顾虑重重的中国人，永远具有精神启蒙、净化和提升的价值。从这种意义上说，中国有李白，是中国文化的大幸。

我们研究李白，应该把最重要的注意力放在他的诗学原创性上，放在他的诗学专利权上。如果研究李白仅仅认识到他出色地实践了浪漫主义，那么李白地下有知，他是不会同意这一点的。因为浪漫主义不是李白原创的，他没有专利权，他也不会按照西方如浪漫主义诗人雨果的方法去写他的诗。他的气质与浪漫主义有相通之处，但他的本质在于他的原创。

什么是李白的原创呢？我们先从他用力最多的三个意象系统来考察。三大意象系统中，酒最狂肆，山水最雄奇，明月最灵妙。诗酒因缘，众所周知，是中国文学史中非常重要、非常广泛、非常久远的精神文化现象。韩愈称之为“文字饮”。苏东坡《洞庭春色》说，对酒“应呼钓诗钩，亦号扫愁帚”。蒲松龄《聊斋志异》有一篇《八大王》，结尾处“异史氏”作了一篇《酒人赋》说：“有一物焉，陶情适口。饮之则醺醺腾腾，厥名为‘酒’。其名最多，为功已久：以宴嘉宾，以速父舅，以促膝而为欢，以合卺而成偶。或以为‘钓诗钩’，又以为‘扫愁帚’。”中国诗以精粹的篇幅，容纳无边无际的精彩世界，是与文酒风流的士人风习分不开的。

李白诗代表盛唐风采，从诗酒因缘中创造出一种非常独特的醉态诗学思维方式。在这方面，他自然受过孔融、曹植、阮籍、陶渊明、贺知章、孟浩然的影响。但在更深刻的意义上说，这是李白的原创，具有李白的专利权。竹林七贤中的阮籍嗜酒如命，但《咏怀诗》八十二首，仅一首言酒："对酒不能言，凄怆怀酸辛。"因此醉态仅是他的一种生活方式，而非诗学思维方式。陶渊明把酒向诗学思维推进了一步，他述酒之诗甚多，但由于性情高逸恬淡，往往在吟咏酒中"深味"之时，以明净之心感悟和思考着生命哲学，未能潜入醉态狂幻的诗学思维方式的深处。如他的《饮酒诗》之五："采菊东篱下，悠然见南山。……此中有真意，欲辨已忘言。"从阮籍的"对酒不能言"到陶渊明的"欲辨已忘言"，从其中一"不能"、一"忘"来看，醉态只是他们的生活方式、精神方式，还不是他们的诗学思维方式。

李白把醉态作为诗学思维方式则有了实质性的、原创性的进展。杜甫《饮中八仙歌》说："李白一斗诗百篇，长安市上酒家眠。天子呼来不上船，自称臣是酒中仙。"这简直是把李白作为"诗酒谪仙人"来描绘，斗酒诗百篇成了他醉态思维方式的概括性说明。李白在长安，作《少年行》说："五陵年少金市东，银鞍白马度春风。落花踏尽游何处，笑入胡姬酒肆中。"由于少年沾染胡人气质，李白喜欢到歌舞泼辣的胡姬酒店喝酒，饮得不知时辰，在里坊制的长安街区不能归宿，也就只好在西市"酒家眠"了。他的斗酒百篇的诗歌，也就契合了胡姬酒店的歌舞节奏旋律。唐朝音乐，胡音极盛，因而便于李白这种得胡人天籁之秘的歌诗流行。李白《襄阳歌》自夸他的酒兴："鸬鹚杓，鹦鹉杯。百年三万六千日，一日须倾三百杯。……清风朗月不用一钱买，玉山自倒非人推。"这种醉态已经到了狂纵的程度，成了一个"醉态盛唐"。这就可以理解，王羲之也饮酒，但我们在他的《兰亭序》书法中发现不了多少酒气，而到"张旭三杯草圣传……挥毫落纸如云烟"，到了"少年上人号怀素，草书天下称独步。墨池飞出北溟鱼，笔锋杀尽中山兔"的时候，已是满纸醉态淋漓了。把醉态融于笔墨，乃是盛唐人的一大创造，是盛唐气象的重要体现。

醉态思维对于诗学来说，具有本质的意义。从本质而言，醉态诗学乃是一种审美形态的生命哲学，它通过对生命潜能的激发、宣泄、畸变、升华和幻化，于醉心腾跃和醉眼蒙眬中，体验着生命的种种临界状态，看取了生命的内在秘密。李白的醉态诗学在一种非常态中恢复了生命的丰富多彩的真。清人吴乔在《答万季野诗问》中说："意喻之米，文喻之炊而为饭，诗喻之酿而为酒。饭不变米形，酒形质尽变。啖饭则饱，可以养生，可以尽年，为人事之正道；饮酒则醉，忧者以乐，喜者以悲，有不知其所以然者。"在思维处于醉态之时，不妨以"白发三千丈"来形容离愁，以"燕山雪花大如席"来形容天寒。天气和情感的形质，在这里都发生变形。没有醉态思维，没有酒兴使日常语言之米形质尽变，是很难写出"君不见黄河之水天上来，奔流到海不复回；君不见高堂明镜悲白发，朝如青丝暮成雪"

这样的句子，一句把时空拓展到黄河、天上、大海，一句把时间凝缩到一朝一暮。没有醉态思维，没有酒兴使日常语言之米形质尽变，也很难写出“弃我去者，昨日之日不可留；乱我心者，今日之日多烦忧”这样的句子，用散文写法，“昨天不可留”就足矣，不可留当然是弃我去者，昨日又何必加上“之日”；“今日多烦忧”就足矣，多烦忧当然是乱我心者，今日再加上“之日”，也打破常规。接下来的“俱怀逸兴壮思飞，欲上青天揽明月。抽刀断水水更流，举杯消愁愁更愁”，一是仰视青天，一是俯视流水，俯仰之间出入于人心和天地。我孤陋寡闻，但据我所见，这些诗句都属于全人类诗歌中最有才华、最无拘束、最为美妙的句子。这是醉态焕发出天才诗人自由创造的潜力的结果。醉态天才面对语言的法度，大可以说，如此法度“岂为我辈设也”？

盛唐醉态与西方的酒神狂态有某些相似或可以沟通之处，但存在着本质的差异。德国尼采用日神阿波罗和酒神狄奥尼索斯作为象征，来解释艺术起源及其本质特征的差别。但西方酒神文化是以民众狂欢暴饮，载歌载舞为特征的，中国的诗人醉态却往往出现在独酌、对饮、饯别等场合，带有明显的内在精神体验的特征。比如《月下独酌》：“花间一壶酒，独酌无相亲。举杯邀明月，对影成三人。”《把酒问月》：“青天有月来几时？我今停杯一问之。人攀明月不可得，月行却与人相随。”《陪族叔刑部侍郎晔及中书贾舍人至游洞庭》：“南湖秋水夜无烟，耐可乘流直上天。且就洞庭赊月色，将船买酒白云边。”

《下终南山过斛斯山人宿置酒》:“暮从碧山下，山月随人归。却顾所来径，苍苍横翠微。相携及田家，童稚开荆扉。绿竹入幽径，青萝拂行衣。欢言得所憩，美酒聊共挥。长歌吟松风，曲尽河星稀。我醉君复乐，陶然共忘机。”这哪里可以同西方民俗性的聚众狂欢相提并论？它确确实实是中国式的，是李白原创和有专利权的。这种醉态思维也贯串到山水意象和明月意象之中。我想强调，新世纪中国文学研究应该深入地发掘中国诗人的原创性和专利权，以之与西方文学理论进行深层次的对话，从而扎扎实实地建立起中国现代文论的话语体系、学理体系、知识体系和评价体系。

毛泽东诗词的文化气象

一、“气象”是把握大诗词写作的关键

在这次上井冈山开会之前，我拜读了近三十年来研究毛泽东诗词的一些文章和著作，深感到这个领域在注释、考证、解读和研究上已达到了现代文化现象阐释的非常高明的水平，获益良多。但我也感到两点不足，一是对伟人崇尚的绝对性，影响了学理的深入展开；二是拘泥于对作品修辞技艺的解读，未能非常到位地解读伟人的气度和胸襟。毛泽东诗词是独具风神的艺术品，但不仅仅是一般的艺术品，而更为根本的是中国现代史上吐纳风云、评说春秋、飞扬情志的文化现象。如果说它们是诗词，乃是大写的诗词，是拥抱着现代中国史的大事件、大智慧的诗词。是现代历史的创作者对正在创造中的历史，进行巨人般的观照、领悟和审美把握的结果。

对于解读这种气势轩昂、光昌流丽的文化现象，一般的文学评论的术语已经不足以把其内在的精神气质透视得深刻而

到位，因而应该对它的解读创造一些新思路、新话语。我觉得应该使用中国非常讲究的“气象”一词，研究毛泽东诗词的精神气象。需要解释的是，汉语“气象”一词具有多义性，这里不属于研究刮风下雨一类自然现象的大气科学，而属于研究人的气质、气派一类精神现象的人文之学。由此，它与古老中国的宇宙生成哲学相联系，体验到一种元气，或浩然之气充沛于宇宙之间和人的心胸之际，这种生命气息不断地激荡、奔涌、翻卷着人的情感、气质、气派和想象力，由气成象，从而创造性地形成一种令人心驰神往的人文气象。

与“气象”相近的一个词是“风格”。自从18世纪法国的布封（Buffon）发表“风格即人”的名言之后，风格学的研究已经发展为文艺学的重要分支。但是，风格倾向于修辞方法的分析，气象则更加重视创造主体的精神气质、胸襟魄力。比如宋朝朱熹的《朱子语类》一百四十卷，就使用气象一词二百九十七处，有“天地气象”“尧舜气象”“侠士气象”“儒者气象”“圣贤气象”，并引用程颐（伊川）的话说，气象好时，百事是当；气象者，辞令容止、轻重疾徐足以见之。古人也有用气象谈文学的，比如“欧苏气象”，尤其是对东坡气象，谈论更多，说他的《赤壁赋》是反《兰亭集序》的，有“蒙庄气象”。《历代诗话》说：“《弹铗歌》一句，《易水歌》二句，《大风歌》三句”等等，“略略数句，而圣贤、王霸、侠士、妇人气象自别”。

二、以非常人写非常事、出以非常之笔的三维度

毛泽东诗词乃是非常人写非常事、出以非常之笔这种“三重非常”的产物，笔锋运行于现代史上惊天动地的重大事件之间，却蕴含着雄伟的气魄、巨大的智慧和从容的风度，散发着一股旋转乾坤、搏击人心的审美情趣的气流。重大事件因高度的思想和想象而形成气象。这种诗词气象，导源于诗人的创造性主体，具体体现为三个重要的维度：马背写作，昆仑情怀，鲲鹏击水之气势。

首先看“马背写作”的维度。井冈山是马背写作的起点，由此出发而开辟了中国革命“农村包围城市，武装夺取政权”的道路，因而是那些文人书斋写作难以比拟的。1955年毛泽东会见法国总理富尔谈到写诗的经验时说：“我的确曾经写诗，那时我过着戎马生活，骑在马背上有了时间，就可以思索，推敲诗的押韵。马背上的生活真有意思。”1962年在《人民文学》5月号发表《词六首》，作小序说：“这六首词，是1929~1931年在马背上哼成的，通忘记了。”马背就是在行军路上，能够分出一片心思交付给诗，这是战争史和诗歌史上千古一瞬的事，令人联想到淝水之战谢安听闻战争喜讯，“了无喜色，围棋如故”，“过户限，不觉屐齿之折”的那份镇定从容。有了这种将帅风范，他可以用炮声来代表历史发言：“黄洋界上炮声隆，报道敌军宵遁。”（《西江月·井冈山》）他可以用怒气来宣示历史正义：“万木霜天红烂漫，天兵怒气冲霄汉。”（《渔家傲·反第一

次大“围剿”》）马背文章，多有山的意象：“山，快马加鞭未下鞍。惊回首，离天三尺三。”（《十六字令》三首其一）又有所谓：“雄关漫道真如铁，而今迈步从头越。从头越，苍山如海，残阳如血。”（《忆秦娥·娄山关》）毛泽东有一句词：“战地黄花分外香。”他的诗词往往从侧落笔，并不直接写正面的战争攻守，而是写战前的意志，战间的行军和战后的感受，也就是说，他不是简单地作战争的宣传，而是独具只眼地发现人类历史中的战争美学形态，战争里的人文气象。他撷取的是映衬和升华着战地碧血的审美黄花，气度轩昂而从容。

战争美学的独特发现之一，在于快马加鞭的马背上看到的山是有生命的，能够飞舞奔驰的。长征路上的群山可以奔腾驰走：“五岭逶迤腾细浪，乌蒙磅礴走泥丸。”（《七律·长征》）不仅奔走了，而且缩小了，绵延千百里的山系竟然成了细浪、泥丸，如宋朝的《诗人玉屑》所说：“有抔土障黄流气象”，若无大气魄是不能把如此浴血苦战的千山万水看得如此“只等闲”和“尽开颜”的。这种马背山头的奔腾感，使得充满神话色彩的昆仑山也“飞起玉龙三百万”（《念奴娇·昆仑》），使得新开拓为中央根据地的秦晋高原也是“山舞银蛇，原驰蜡象，欲与天公试比高”（《沁园春·雪》）。这种马背上看山的奔驰感形成一种思维定势，甚至影响到他坐汽车上庐山，也感到“一山飞峙大江边，跃上葱茏四百旋”（《七律·登庐山》）。马背写作散发着山野气息和阳刚气息，充满着动感和力度。鲁迅读了毛泽东井冈山时期的一些词作，笑称其中有“山大王气”，就是马背写作不拘格套，不同于文人书斋写作的一种独特的美。

三、拥抱宇宙时空的昆仑情怀

其次是“昆仑情怀”的维度。毛泽东在马背上哼出诗词的时候，经历千山万水，比如诗词写到武夷山、六盘山、庐山，他是到过的，唯独没有攀登过昆仑山。但他在万里长征胜利之际，却偏偏要写一首词来宣扬昆仑精神。毛泽东未到昆仑而写昆仑，有若李白未登天姥而梦游天姥，这种写作本身就是一种非常独特的文化精神现象。一者折射着现代领袖关注世界格局的襟怀，一者折射着古代诗仙追求神仙境界而笑傲王侯的风度。昆仑情怀是无比博大的，“横空出世，莽昆仑，阅尽人间春色”。而且这昆仑已不只是地理学上的庞大的山系，而是融合了诗人的旷世情怀和崇高理想，变成一座“精神昆仑”：“而今我谓昆仑：不要这高，不要这多雪。安得倚天抽宝剑，把汝裁为三截？一截遗欧，一截赠美，一截还东国。太平世界，环球同此凉热。”（《念奴娇·昆仑》）这种昆仑情怀不是孤傲自高的，而是广济苍生的，它关心着“环球凉热”（也包括今日的地球变暖），多遗赠而不称霸的。

昆仑情怀，在广度上是拥抱宇宙时空的博大情怀，在深度上是穿透天人之道的哲学情怀。毛泽东写诗词，好用天地合观的意象。青年时代送友人出国，看到“洞庭湘水涨连天”，他把古人常有的伤离别的情绪化作“要将宇宙看稊米”，“胸中日月常新美”的宇宙日月情怀（《七古·送纵宇一郎东行》）。这种宇宙日月情怀受人民解放军占领国民党的首都南京的鼓舞，升华为“虎踞龙盘今胜昔，天翻地覆慨而慷”，而且关切着天道与人道的关系，进入了“天若有情天亦老，人间正道是沧桑”的哲理思辨（《七律·人民解放军占领南京》）。天地合观的思维，带着中国诗艺的对偶意识，自此成为诗人常用的思维方式。比如获知江西余江县消灭了血吸虫，诗人的联翩浮想中就出现了“坐地日行八万里，巡天遥看一千河”的巡天畅想，以及“天连五岭银锄落，地动三河铁臂摇”的农村建设的宏图（《七律二首·送瘟神》）。回想到家乡美景时，诗人也展开天地大视野，以“洞庭波涌连天雪，长岛人歌动地诗”来映衬帝子乘风的白云和芙蓉国之梦中的朝晖（《七律·答友人》）。这些天地景观都是生机盎然、清新明丽的。

诗人的天地观充满鲜活的辩证法，不仅明丽，而且有阴沉，有明丽与阴沉的矛盾斗争。辩证法可以激发诗的内在生命，时空框架大者须避其空泛，矛盾头绪多者须避其琐屑。在国际风云变幻中，毛泽东感到“高天滚滚寒流急，大地微微暖气吹”，在雪压冬云、万花纷谢的严重局面中，在大境界中凸现小亮点，以梅花自拟，抒发“梅花欢喜漫天雪”的情志（《七律·冬云》），预示着“待到山花烂漫时，她在丛中笑”的历史必然（《卜算子·咏梅》），这就以小亮点反衬大境界了。大境界、小亮点的抒情策略，使诗词的内在气脉洋溢着跌宕有致的辩证法的张力。再来领略1965年5月写的那首《水调歌头·重上井冈山》。志在凌云，自然要展开天地间的大视野，此志又是“久有”，可知朝思暮想已有时日。“千里来寻故地”，却略过了当年的战争回忆，所见是“到处莺歌燕舞”，不再是“黄洋界上炮声隆”，既然“更有潺潺流水”，也就没有“风烟滚滚来天半”。诗人使用的是“过了黄洋界，险处不须看”这种不写之写的手法，“不写”是略去当年战争的形迹，“写”是超越了战争的形迹而看取井冈山精神。词中揭示的井冈山精神有“可上九天揽月，可下五洋捉鳖”的天地气象，又有“世上无难事，只要肯登攀”的历史哲学。昆仑、天地、日月，这是高出人间又哺育人间、超越人间又普照人间的巨大时空，在这种“超级时空”中可以豪情干云、想象飞驰、气概鼓荡。只有心灵中敞开大时空，才能在诗词中涵容大气魄，二者相得益彰，托出雄奇浑厚的想象力和精神气象。

四、鲲鹏击浪气势与数字表达法

其三是鲲鹏击浪的气势。毛泽东喜欢用《楚辞》、《庄子》、李白、李贺的典故，但多是随手拈来，另出新意，不为典缚，在活用、反用典故中激发新的生命。用典故须用活法，不能用死法，用到能化入自己抒写情志的脉络之中，始可谓之高明。比如《庄子·逍遥游》中的典故，毛泽东诗词用得较多，1918年送友东行，就唱出了“君行吾为发浩歌，鲲鹏击浪从兹始”（《七古·送纵宇一郎东行》）。这是鲲鹏意象的正用，正用为壮志凌云的意象；到了1930年却出现鲲鹏意象的反用：“六月天兵征腐恶，万丈长缨要把鲲鹏缚。”（《蝶恋花·从汀州向长沙》）这里的鲲鹏已不是远行的壮士，而是腐恶的敌人。1963年再用这个意象来象征和悼念一位开国元帅的时候，所用的手法变成侧用了："斥鷃每闻欺大鸟，昆鸡长笑老鹰非。君今不幸离人世，国有疑难可问谁？"（《七律·吊罗荣桓同志》）蓬蒿中的斥鷃嘲笑高高飞翔的鲲鹏大鸟是冒险和徒劳，这是从侧面写鲲鹏式的英雄人物的不顺利的生存处境。

从侧用到深度使用，这又是典故使用法的一项突破。1965年秋写的讽刺苏、美、英"三家条约"和赫鲁晓夫"福利共产主义"的《念奴娇·鸟儿问答》，就深度使用了鲲鹏的意象："鲲鹏展翅，九万里，翻动扶摇羊角。背负青天朝下看，都是人间城郭。"这是对《庄子·逍遥游》典故的引申，然后模拟"鸟儿问答"的口吻，影射国际时事，把严峻的国际较量加以喜剧化。那只蓬间雀为战争威胁吓倒，却去营造自己的空中楼阁："不见前年秋月朗，订了三家条约。还有吃的，土豆烧熟了，再加牛肉。"对同一个意象的正、反、侧、深等多种方式的运用，显示了诗人把书读活了，不是典故的奴隶，而是典故的主人，随意驱遣，变化生妙，有一种举重若轻的审美把握能力。典故的使用，不刻板地重复前人，也不拘泥地重复自己，或者故意重复却加以点化而成"似是而非，似非而是"的"反重复"，这是诗文大家的能事，从中散发着令人感觉到"熟悉中的陌生"的大家气象。

鲲鹏击水之气势的另一层意义，可以向毛泽东早年的名句"自信人生二百年，会当水击三千里"中寻找。这一名句当然也用了《庄子·逍遥游》中转述的典故："鹏之徙于南冥也，水击三千里，抟扶摇而上者九万里。"对击水行为，毛泽东是作为"恰同学少年，风华正茂"时节的盛事来对待的："曾记否，到中流击水，浪遏飞舟？"（《沁园春·长沙》）他主张在大江大河中锻炼体魄和意志，年逾甲子之后，他还把"万里长江横渡，极目楚天舒。不管风吹浪打，胜似闲庭信步，今日得宽余"（《水调歌头·游泳》），与古代圣人在川上所说的"逝者如斯夫"联系起来，这是非常值得注意的。从游泳中生发出气度，生发出哲学，这和他早年以"二十八画生"的笔名，在《新青年》上发表《体育之研究》，提倡"文明其精神，野蛮其体魄"，磨炼武勇之意志的体育文化思想，是一脉相承的。

同样（甚至更加）非常值得注意的，击水行为之所以如此有气势而令人难忘，是它用了"三千里"这个数量计程，并且与"人生二百年"这个数量计时相对仗。这就涉及毛泽东诗词的数字表达法。数字是开启人类智慧的钥匙，数学与哲学，向来被视为"科学之科学"。数字指向宇宙的时空维度，指向天地万物的计量，指向历史发展的进程，指向人类思维的有序和无序，某些神秘的数字还指向人类精神的隐秘。如《老子》之所谓"道生一，一生二，二生三，三生万物"，《周易·系辞》之所谓"太极生两仪，两仪生四象，四象生八卦"，古希腊毕达哥拉斯派之所谓宇宙起源于纯洁而深奥的一，渐次达到圣洁的四，然后生出圣洁的十，从而成为天下之母，成为万物之锁钥。以原始思维为根，数字在极浅白中包含着极深刻，极简单中包含着极复杂，极轻盈中包含着极厚重。

毛泽东诗词的数字表达法，当然与中国语言的表达方式相关，如《唐诗纪事》卷七所载初唐四杰的轶闻："杨盈川之为文，好以古人姓名连用，如'张平子之略谈，陆士衡之所记'，'潘安仁宜其陋矣，仲长统何足知之'，号为'点鬼簿'。宾王文好以数对，如'秦地重关一百二，汉家离宫三十六'，人号为'算博士'。"毛泽东诗词用数字，用得多，用得圆熟流转，有的地方简直达到化境。他多用"万""千"等大数字，顾盼生风，相当出彩。数字可以使语言凝练，声情兼茂，气度恢宏地囊括大千世界，有道是"万山红遍，层林尽染；漫江碧透，百舸争流……万类霜天竞自由"（《沁园春·长沙》），又有道是"北国风光，千里冰封，万里雪飘"（《沁园春·雪》）。如此苍茫的境界，使《世说新语》记述的谢道韫的"咏絮才"佳话，简直成了小儿女把戏。

以数字写战争，战争的规模、目的、民众基础和行军速度，都写得气势淋漓。战略战术灵活机动，如"此行何去？赣江风雪迷漫处。命令昨颁，十万工农下吉安"（《减字花木兰·广昌路上》）。又如"六月天兵征腐恶，万丈长缨要把鲲鹏缚。……百万工农齐踊跃，席卷江西直捣湘和鄂"（《蝶恋花·从汀州向长沙》）。反击国民党军对中央苏区的"围剿"，既有战争氛围的渲染，又有战争气势的张扬，其强烈的审美效果多与数字相关："万木霜天红烂漫"，"雾满龙冈千嶂暗"，"二十万军重入赣，风烟滚滚来天半。唤起工农千百万，同心干，不周山下红旗乱”（《渔家傲·反第一次大“围剿”》）。反“围剿”中那种高度灵活机动的战略战术，被一组数字表现得动人心魄：“七百里驱十五日，赣水苍茫闽山碧，横扫千军如卷席。”（《渔家傲·反第二次大“围剿”》）数字的使用，在特定战役中呈现出统计学的具体性，在大规模的战争过程取得决定性胜利时呈现出审美学的概括性。比如长征胜利，有“红军不怕远征难，万水千山只等闲……更喜岷山千里雪，三军过后尽开颜”（《七律·长征》）的概括；解放战争攻克南京，取得历史性胜利时，大笔写下“钟山风雨起苍黄，百万雄师过大江”（《七律·人民解放军占领南京》）。

由于这些数字出自大怀抱、大手笔，又与鲜丽独特的意象进行多姿多彩的组合，在运用手法中又呈现具体性和概括性、空间延展和实践飞跃的多样性及疏密有致的节奏感，因而颇有一些数字句成为全篇的警策所在，成为千古妙句。比如《七律·登庐山》在“一山飞峙大江边，跃上葱茏四百旋”之后，又有数字句为“云横九派浮黄鹤，浪下三吴起白烟”；《七律·答友人》在“九嶷山上白云飞，帝子乘风下翠微”之后，又有数字句“斑竹一枝千滴泪，红霞万朵百重衣”。这些数字或为地理方位，或为江流走势，或点亮神话物证，或对天象进行人间剪裁，都令人联想到“李白文章，锦心绣口”，展开了一番别有情致的天上人间的精神畅游和文化对话。

诗情与政论、哲理、史识四者交融，使毛泽东诗词的数字运用，出现了一些超越性的创造。他不再拘泥于数字的准确刻度，而使数字无数，从而进入了宇宙和历史的诗意化自由空间。《沁园春·雪》写道："江山如此多娇，引无数英雄竞折腰。"其中的"多"和"无数"，比起已经概括化的"千里冰封，万里雪飘"来，进一步虚化而带上超越感。虚化的超越使世人自由地出入历史空间，高屋建瓴地评点历朝雄主："惜秦皇汉武，略输文采；唐宗宋祖，稍逊风骚。一代天骄，成吉思汗，只识弯弓射大雕。"并由此产生充满历史创造自信感的伟大的"面向今天，面向未来"："俱往矣，数风流人物，还看今朝。"据说1945年8月《沁园春·雪》随毛泽东出席重庆谈判而传至山城，引来政界文坛交口称颂，急得国民党当局暗中组织文人作诗填词要把它比下去。这中间也许不乏"学富五车"的文士，不乏"才高八斗"的诗手，惟有一点，他们无法具有毛泽东式的政见、哲思、史识和诗胆，也就无从窃得由这四者交融而成的诗词气象了。1963年，面对国际上来势汹汹的反华浪潮，毛泽东作《满江红·和郭沫若同志》，更是操持数字策略，把地球和历史长河伸缩处置，高瞻远瞩地评述世界风云，显示出一种气象宏大的世界观。"小小寰球，有几个苍蝇碰壁。嗡嗡叫，几声凄厉，几声抽泣。"这里连用三个"几"字，既指出苍蝇们只占人类极少数，又暗示着无须细算它们的人头和动作，也知其嗡嗡者只不过如同"蚂蚁缘槐夸大国，蚍蜉撼树谈何易"一样，很难有什么出息。对于历史进程，诗人却表现出时不我待的急切心情："多少事，从来急；天地转，光阴迫。一万年太久，只争朝夕。"这种短促的句式和巨细悬殊的时间对比，展示了诗人总览

“四海翻腾云水怒，五洲震荡风雷激”的世界局势，要奋起行动，“要扫除一切害人虫，全无敌”的革命实践家敏感锐利的气质。这种气质表达，得益于一连串数字词的灵活运用，却令人几乎忘记了这些数字词的刻意安排的痕迹。数字本来用以表示时间的刻度，但数字的诗化处理，则可以使之或概括、或具体、亦虚化、亦超越，从而把诗人的博大胸襟或精微的体验融合于其间，再加上中国语言的对偶功能的强化作用，数字就成了开启诗词的精神气象的钥匙。

五、手势语言的奇纵、俊逸和从容

最后还想谈一谈毛泽东诗词中的手势表达。手势也是一种“语言”，一种发自内心、连通着气质、形之于肢体的“语言”，其中蕴含着许多关于做手势者的独特信息。只要到过敦煌石窟的人，都可能为那数以千计的佛像的千姿百态的手势感到精神震撼，从中感受和揣测到佛门启示世俗的丰富复杂的意义。佛像手势是人间手势的模式化、仪式化和神圣化。在人间世界，手势有时联系着人的习性和品格。毛泽东的手势极能体现他的气象，我们只要翻阅他的历史照片，在延安，在天安门，在抗大讲堂，在重大会议，都会感觉到他的手势非常直观、非常生动地展示着他的心迹和气度。毛泽东赴重庆谈判，在飞机大门上举起白色通帽向欢迎的人群招手，被摄影师抢拍下来的这一瞬间手势，拂动着历史风云。报告文学家方纪写了名文《挥手之间》，展示和发掘了这一手势可能具有的意义和风采。

毛泽东诗词的不少语句，都可能刺激我们对诗家手势的联想，无以名之，姑称为“潜在的手势”。直接见诸文字的“显在的手势”，也令人难忘。较早出现是1923年告别杨开慧夫人的《贺新郎》：“挥手从兹去。更那堪凄然相向，苦情重诉。眼角眉梢都似恨，热泪欲零还住。”毛泽东对词的“兴趣偏于豪放，不废婉约”，他由此改写了“词为艳科”、以婉约为常态和大宗的文体生命形态。这首《贺新郎》的总格调偏于婉约，却以一个坚毅的手势，摆脱恩爱夫妻述说“算人间知己吾与汝”的愁丝恨缕，以豪放来牵引这番婉约。惟此，才能把首阕的结尾改作“人有病，天知否？”的反问，把全篇的结尾改作“要似昆仑崩绝壁，又恰像台风扫寰宇。重比翼，和云翥”的期待。没有如此手势打头，是难以牵引如此突生刚劲的结尾的。也就是说，一个手势表达他献身革命的情志，从而把状写柔情的婉约纳入投身事业的豪放的框架之中了。

写夫妇之情的手势既然若此，写战地风光之手势就更加奇纵了。《菩萨蛮·大柏地》说：“赤橙黄绿青蓝紫，谁持彩练当空舞？雨后复斜阳，关山阵阵苍。”能够如握持彩色绸带那样把彩虹当空挥舞起来，而且挥舞得七彩缤纷，淋漓酣畅，这样的巨手当然以昆仑为躯，天地为心的，诗人把自己的魄力和手势辐射到天地之间了。古今诗词，又有谁人如此以手操持彩虹，赋予它无穷的动态和神采？另两个手势，一是《沁园春·长沙》中的“指点江山，激扬文字，粪土当年万户侯”；二是《清平乐·六盘山》中的“不到长城非好汉，屈指行程二万”。“指点”

是少年才俊的意气风发，“屈指”是长征胜利后的哲学反思。一者俊逸，一者从容，都体现了动人的精神气象。毛泽东的手指似乎既可以屈入二万里路程，又可以弹出三十八年的时间，令人不得不赞叹这真是超级大力士的手指。弹指源自佛家的“一弹指”，极言时间短促，如司空图《偶书》诗云：“平生多少事，弹指一时休”，发出了对人生有限性的感慨。毛泽东的《水调歌头·重上井冈山》说：“三十八年过去，弹指一挥间。”这样一弹指，弹出的竟然不是人生短促的慨叹，而是“可上九天揽月，可下五洋捉鳖”的凌云壮志。他还写有一首《念奴娇》，竟把“弹指”当成习惯动作来重复：“弹指三十八年，人间变了，似天渊翻覆。”这次弹指力量更是不可估量，除了弹出了三十八年的时间外，还弹出了天翻地覆的历史效果，这也就是这首词接着写到的：“犹记当时烽火里，九死一生如昨。独有豪情，天际悬明月，风雷磅礴。一声鸡唱，万怪烟消云落。”这些诗词以独有的手势，弹拨着时间，旋转了历史，挥动着情感，评点了天下风云，如此手势，诚可谓是一种推动历史进程，召唤和感染了亿万民众的出色的历史姿态。

毛泽东诗词可以看作中国共产党人创造现代历史的高耸入云的精神坐标，其间的气象是20世纪中国在艰难困苦的风云变幻中开国建国气象的诗性大展现，可做的大文章尚多，这里只不过开了一个头。毛泽东的词曾经“问苍茫大地，谁主沉浮？”我们也不妨一问：有谁的诗词能够有他那种人在马背，剑截昆仑，思接鲲鹏的魄力呢？不周山和昆仑山，在古人心目中是天柱、天梯，他诗词中那种对触倒不周山的老神话的新诠，以及倚天抽剑截昆仑的新神话的理想告示，无不使人感受到姿态雄伟、情感纵横，以浩然之气更新天地万象的历史力度和精神力度。所谓毛泽东诗词的精神气象，乃是一个巨人的心灵回响，回响在现代和未来的历史回音壁之上。由此可以走进他的诗词世界的本质。

（为 2007 年 8 月 16~19 日井冈山召开的“第三届毛泽东诗词国际学术研讨会”而作）

毛泽东诗词的历史情怀

三年前（2007年8月）我在井冈山召开的毛泽东诗词国际学术研讨会上，讲了《毛泽东诗词的文化气象》，今天在大庆召开的毛泽东诗词研讨会上，准备讲的题目是《毛泽东诗词的历史情怀》。这两个题目内外相应，存在着深层的逻辑联系。历史情怀滋育了文化气象，文化气象升华着历史情怀，从而形成了雄奇、超迈而俊逸的诗风。

毛泽东是读史兴趣极浓的大政治家，因此解读毛泽东诗词的深层历史文化意蕴和人格风采，而不高度关注其间的历史情怀，不啻缘木求鱼。历史情怀是何物？是进入毛泽东诗词的特质深层的重要路标。毛泽东一生批阅《资治通鉴》十几遍，通读四千万字的二十四史，反复批阅其中数史，用不同颜色的笔墨圈点批注，并印发其中一些篇章故事，批转为高级干部的学习材料。历史思维已经成为他的政治思维和诗词思维的重要运思形式，诗中蕴史，诗史合璧，出入古今。然而他的历史观从本质上说，不是在书斋中推衍出来的，而是在惊天动地的历史实践和真挚洒脱的个人性情中磨练、升华和流露出来的。其中既有戎马倥偬、运筹帷幄、治国理政、改造世界的历史知识运用之独到，又有面对波折、超越忧郁、交接亲朋、陈情言志的性情之真切。他投身实践而不时借用历史智慧，吟咏性情而经常点化古典诗文，在现代中国的历史进程中撒播下许多精警的话语。

中国从来就有以史资治的传统，毛泽东更是提出“古为今用”，以生气勃勃的现实带动历史向前行进。他从丰富的阅历和切身体会中，感受到阅读历史是极其重要的，提出：“指导一个伟大的革命运动的政党，如果没有革命理论，没有历史知识，没有对于实际运动的深刻了解，要取得胜利是不可能的。”这里提出要为革命队伍安上这样的“制胜三弦”：理论、历史、实际运动，在理论和实践之间特意安上历史之弦，就增强了理论、实践二弦的韧性和深度。只要深入毛泽东诗词的内在脉络中，我们就会深切地感受到，毛泽东诗词中的历史情怀，极其生动地丰富了马克思主义历史观的感性形式。它在宏大的时空视野和文化魄力中，在人与历史、人与自然的关系中，给唯物主义的历史观注入了实践品格、人民为本和阶级意识，并在一些诗篇中注入了浓郁的乡土情感。深刻把握其诗词中的历史情怀，就真切地触摸到诗人毛泽东心灵深处的弦。

一、发生学上的三个维度

毛泽东诗词的历史情怀内涵丰厚，渊源有自。可以从发生学的角度来考察它的维度，又可以从结构形态学的角度来考察它的基本特性。唯有从这两个角度进行综合考察，才能全面把握其历史情怀雄视千古，又挥洒自如的风貌。

发生学上是考察诗词中的历史情怀的发生发展过程，这里存在着三个维度，一是湖湘情缘；二是历史通览；三是知识化用。从读史的心理上说，乡邦先贤、乡土文献，往往牵系着诗人内心最柔软、最敏感的地方。因此，湖湘情缘是毛泽东体验历史，首先获得感觉、获得兴趣、获取共鸣的精神触发点。但毛泽东是巨人，不会将自己的情感束缚在乡土情缘上，必然把历史情怀上下几千年、纵横几万里。这种通观博览，不是要当“书橱”，而是为了使社会的实践和诗词的实践，能够化而用之。也就是说历史情怀，不是冷冰冰的凝固化的历史知识的堆砌，而是诗人对历史存在的理解、体验、共鸣和独具只眼的发现，感之以情而生意趣，述之以怀而含哲理。谁都知道，不读史书，谈不上历史情怀；读史书而食古不化，也产生不了历史情怀。毛泽东诗词的历史情怀之所以沁人心脾，少见讨厌的说教，就在于他以旷世的魄力把握历史体验，而将之置于挥洒自如的笔墨之中。因此，必须从乡土情缘的感染力、历史通览的文化魄力和诗家化用的笔力三个维度，考察毛泽东诗词的历史情怀的发生。

一是湖湘情缘的感染力。毛泽东生长于湖湘之地，古时属于南楚，这在他的诗词中留有深刻的印痕。先秦的楚人颇多奇思异彩，有如王渔洋所说：“九嶷泪竹娥皇庙，字字《离骚》屈宋心。”（《戏仿元遗山〈论诗绝句〉三十二首》）到了清代，湘土涌现许多影响中国历史进程的杰出人物，这是当时中国二十余省中元气蒸腾的一块热土。青年毛泽东就是这片热土孕育出来的天将降大任之人。他而立之年写下“独立寒秋，湘江北去，橘子洲头。看万山红遍，层林尽染；漫江碧透，百舸争流”，实际上是以山川钟灵毓秀，写出这片热土的蓬勃生机。他回忆当年的峥嵘岁月，“指点江山，激扬文字，粪土当年万户侯”，显示了一块元气充沛的土地上的俊杰风流。这块热土培育了曾被陈独秀在“五四”时期高度推崇的“湖南人的精神”，培育了毛泽东追问“谁能为中国命运做主”的历史情怀：“问苍茫大地，谁主沉浮？……到中流击水，浪遏飞舟。”（《沁园春·长沙》，1925年）这无疑是震荡在东方大地之地平线上的滚滚春雷声。

在楚地人物中，毛泽东极其欣赏屈原。少年的《讲堂录》就手抄《离骚》、《九歌》全文。1923年作《贺新郎·别友》，结句是：“要似昆仑崩绝壁，又恰像台风扫寰宇。重比翼，和云翥。”（1973年改定，初稿句为“我自欲为江海客，更不为昵昵儿女语。山欲坠，云横翥。”）这里用了《楚辞·远游》“鸾鸟轩翥而翔飞”中偏僻的词语，可见他对《楚辞》是极为熟悉的。“翥”，是楚国方言，西汉扬雄《方言》卷十说：“翥，举也（谓轩翥也）。楚谓之翥。”刘勰《文心雕龙》称屈原《楚辞》“轩翥诗人之后，奋飞辞家之前”。毛泽东在20世纪50年代搜集《楚辞》版本五十余种。平生不下百十次读《楚辞》。他是有充分的可能性为屈原写出一首绝妙的诗词的，但是1961年作《七绝·屈原》如此写道："屈子当年赋楚骚，手中握有杀人刀。艾萧太盛椒兰少，一跃冲向万里涛。"行文用词倒也痛快，但把《离骚》一类作品竟称为"杀人刀"，用作阶级斗争的直接表述，就未免词锋浮露，难见历史情怀之深沉蕴藉了。

倒是他对到长沙国任太傅的洛阳俊才贾谊，欣赏中带有几分悲悯，抒发了颇为深切的历史情怀。早年毛泽东把贾谊和屈原并列："年少峥嵘屈贾才，山川奇气曾钟此。"（《七古·送纵宇一郎东行》，1918年4月）这里揭示了湖湘山川奇气，对历史人物的峥嵘才能的养育作用。建立新中国以后，毛泽东为贾谊写了一首七律、一首七绝，这在历史人物中乃是仅见的殊荣。他大概是看重这位英杰政论文章的气度、才略之不同凡响吧："少年倜傥廊庙才，壮志未酬事堪哀。胸罗文章兵百万，胆照华国树千台。雄英无计倾圣主，高节终竟受疑猜。千古同惜长沙傅，空白汨罗步尘埃。"（《七律·咏贾谊》，1954年）这里的阶级意识不是很浓，称汉文帝为"圣主"，称贾谊为"雄英"，都是沿用正史的说法。由此还在英才不遇中注入了若浓若淡的命运感。再看："贾生才调世无伦，哭泣情怀吊屈文。梁王堕马寻常事，何用哀伤付一生。"（《七绝·贾谊》，1964年）这里欣赏贾谊的才华，又爱怜其命运，那番对之劝解的语气，实在令人联想到毛泽东相当欣赏的杜牧咏史诗《题乌江亭》："胜败兵家事不期，包羞忍耻是男儿。江东子弟多才俊，卷土重来未可知。"无论是"包羞忍耻"，还是"何用哀伤"，都是教给人一种忍辱负重、奋发有为的人生态度与处世情怀，此乃欲大有作为者应当记取也。

湖湘情结表现最甚的，是那首在毛泽东诗词中最称华丽的《七律·答友人》："九嶷山上白云飞，帝子乘风下翠微。斑竹一枝千滴泪，红霞万朵百重衣。"诗中对神话传说的奇幻渺远的想象，对恋人美丽的悲剧人生的深切怀念，渗透于色彩华丽的字里行间。其思路出入神话与现实、个人与国家，于是有"洞庭波涌连天雪，长岛人歌动地诗"的回忆，又有"我欲因之梦寥廓，芙蓉国里尽朝晖"的梦魂飞越的温暖。全诗的想象牵连着《山海经》，也出入于《九歌》中的《湘君》、《湘夫人》，洋溢着《楚辞》的绮丽幽渺情调。这真是"有心栽花花不发，无心插柳柳成荫"，有心去写一首咏怀屈原的诗，竟不如人意，反而在咏怀湖南的诗中，非常出色地酿造出屈骚的清醇的滋味。

二是通览历史的巨大魄力。毛泽东诗词浑厚的历史内涵，蕴涵于大气磅礴的文化气象之中。而在历史情怀与文化气象之间，贯注着的是巨人般的魄力。魄力是面对世界、面对历史、面对人生的胆识。无魄力，则情怀萎矣，气象靡矣。魄力之为用，岂非巍巍乎大哉！

毛泽东从青年时代起，就热心议政，激扬文字，粪土王侯，已表现出面对现实、改造中国的巨大眼光和博大襟怀。执笔为诗，一出手就抱负不凡，如二十五岁时写的送行诗，即展示了一个青年志士的博大的时空襟怀。诗中浑无儿女柔情，却敞开了一个无比广阔的空间视境，从宇宙看地球，简直是沧海一粟，用了《庄子》“太仓稊米”的典故：“丈夫何事足萦怀，要将宇宙看稊米①。沧海横流安足虑，世事纷纭从君理。”在时间维度上，又用了《孟子》“五百年必有名世者”的话头，蔑视衮衮诸公的权势：“名世于今五百年，诸公碌碌皆余子。”（《七古·送纵宇一郎东行》）这种时空视境是以天地为胸怀的，其中以诗吟咏史，以史滋养诗，诗史兼修，气度浩然。

这种天地境界、浩然之气，贯穿于毛泽东其后的诗词写作。诸如俯仰天地之间的“鹰击长空，鱼翔浅底”；究问苍穹的“赤橙黄绿青蓝紫，谁持彩练当空舞”；遥望苍茫云山的“长空雁叫霜晨月……苍山如海，残阳如血”；以及奇异雄丽地糅合着天文科学与神话的“坐地日行八万里，巡天遥看一千河”，都在时空双维度上实现了大魄力、大境界的互动。更不用说那曲《念奴娇·昆仑》：“横空出世，莽昆仑，阅尽人间春色。飞起玉龙三百万，搅得周天寒彻。……千秋功罪，谁人曾与评说？”昆仑，据《山海经》说，“河水出焉”，是中华民族母亲河黄河的源头，又是“帝之下都”，是诸神所居的地方。因此把昆仑纳入自己的历史情怀，以此评点千秋功罪，抒写“环球同此凉热”的世界大同理想，是和民族国家的根联系在一起的。这首词中，“安得”二字也有讲究，杜甫有一个“安得”：“安得广厦千万间，大庇天下寒士俱欢颜”，他是置身于大地上，呼唤出的是难得却也实在的理想；毛泽东的“安得”：“安得倚天抽宝剑，

① 《庄子·秋水篇》：“计中国之在海内，不似稊米之在大仓乎？”

把汝裁为三截？一截遗欧，一截赠美，一截还东国”，这个“安得”想象出一个倚天拔剑的巨人身姿，把中国古代神话情结很深的、众神所居的昆仑山，都像利刃切菜一样分来与世界共享。这是一个挺胸直立、昂首云外的民族巨人的形象，其胸襟是要化解宿世恩仇，超越东西敌友，以平等的姿态创造“人间春色”。

诗可以点醒历史情怀的精神，历史情怀可以蕴涵诗的元气，二者是相互为用，相得益彰的。蕴涵是种子入土，点醒是开花结果，在它们的交互作用下，毛泽东年过花甲后，魄力犹存，所作的登临咏怀诗《七律·登庐山》（1959年7月），也在巨大的空间维度中展开一种深邃的时间哲思。庐山的精神，曾经被陶渊明、李白、白居易点醒。毛泽东站在“一山飞峙大江边，跃上葱茏四百旋”的庐山上，他看世界的大眼光是“冷眼向洋看世界，热风吹雨洒江天”。“热风”可以连通鲁迅，“对于周围的感受和反应，又大概是所谓‘如鱼饮水，冷暖自知’的；我却觉得周围的空气太寒冽了，我自说我的话，所以反而称之曰《热风》”（《热风·题记》）。“洒江天”可以连通柳永《八声甘州》词：“对潇潇暮雨洒江天。”但是，毛泽东都把它们消融在自己的历史情怀中了。毛泽东还进而拥抱着中国大地，“云横九派浮黄鹤，浪下三吴起白烟”。黄鹤的意象出自崔颢《黄鹤楼》诗：“黄鹤一去不复返，白云千载空悠悠。”连李白也折服这首诗，感慨“眼前有景道不得，崔颢题诗在上头”。最后，毛泽东对陶渊明的归隐进行质疑：“陶令不知何处去，桃花源里可耕田？”

毛泽东诗词的结尾往往有一种并不罕见的方法，即在空间大幅度舒展之时，引入当地的神话或历史人物，以开拓深远的时间维度，如《水调歌头·游泳》讲了“一桥飞架南北，天堑变通途”之后，即引入“更立西江石壁，截断巫山云雨，高峡出平湖。神女应无恙，当惊世界殊”。在人与神女对话中，使时空跳跃到渺远。《七律·登庐山》则把思路引向那位“少无适俗韵，性本爱丘山”，“开荒南野际，守拙归园田”的陶渊明；他到哪里去了？眼前也有如桃花源一样的“良田美池桑竹之属”，一样的“往来种作男女怡然自乐”，他是否加入了耕田队伍？提到千余年前的这么一个陶渊明，有如古代园林的“借景”艺术，从陶渊明的诗文中借来了何等丰富的时间深度、文化意味和历史联想。这就是诗词结尾，言有尽而味无穷的妙处了。

三是知识化用而自由驱遣。毛泽东对于两三千年的文史，于先秦喜欢庄子、屈原，于汉魏喜欢贾谊、曹操，于唐喜欢李白、李贺、李商隐，于明喜欢高启，于清喜欢曹雪芹。这就是毛泽东明白表示其喜好的“文学九贤”。九贤的风格特点是什么？风格特点倾向于气度豪迈甚至带点霸气，想象奇特往往出人意表。无论豪迈或神奇，毛泽东的笔力均足以胜之，以归于沉雄浑厚。其诗词运用文史知识往往给人立意奇警、用语畅达之感，可以说深得“文学九贤”之助。

在“九贤”中，尤其值得注意的是唐朝三李。词本来盛于晚唐、五代、宋，但毛泽东的词中有全唐风，比如《忆秦娥·娄山关》词牌据传是李白所创，词风、词韵也近于所传的李白

《忆秦娥》。但毛泽东词中的全唐风，已不仅仅是李白的盛唐风，而且还包含中唐李贺的奇异警拔，以及晚唐李商隐的深婉华丽。当《忆秦娥·娄山关》一词，出现“苍山如海，残阳如血”的悲切壮丽境界时，我们感到它虽然还用李白词“西风残照，汉家陵阙”的韵脚，而境界已高度拓展；又从李商隐“夕阳无限好，只是近黄昏”的诗句中超拔出来，壮丽中增加雄浑了。

因此毛泽东的词风是融合三唐而成全唐：即李白之盛唐、李贺之中唐及李商隐之晚唐。诗歌趣味横跨三唐本身，就是一种胸襟，一种气度。真正的大家是不会拘泥于“诗必盛唐，文必秦汉”，更不必说拘泥于“以杜甫、黄庭坚为宗师”之类了。他应该是胸罗百万雄师，可以指挥自如的。比如，对于《庄子·逍遥游》中的鲲鹏意象，毛泽东常用来抒发自己的宏伟的怀抱。这也可以在李白的《大鹏赋》，以及李白诗“为君一搏鹏九天”（《独漉篇》），或“大鹏一日同风起，抟摇直上九万里。假令风歇时下来，犹能簸却沧溟水”等诗赋中找到意兴的源流。但是毛泽东已经开拓了这一意象正反详略的多种可能，并且由此形成他诗词中“鲲鹏凌云志，梅花报春心”的人格象征。

那么，毛泽东诗词创作是怎样运用鲲鹏意象呢？一是正用：“君行吾为发浩歌，鲲鹏击浪从兹始。”（《七古·送纵宇一郎东行》）正用还不满足，其次就是详用：“鲲鹏展翅，九万里，翻动扶摇羊角。背负青天朝下看，都是人间城郭。”（《念奴娇·鸟儿问答》，1965年秋）再次，是详用还不尽兴，采取拓用：“斥鷃每闻欺大鸟，昆鸡长笑老鹰非。”（《七律·吊罗荣桓同志》，1963年12月）《庄子·逍遥游》是写了蓬间雀（斥鷃）嘲笑大鹏远翔的，但昆鸡笑鹰则借用了俄罗斯克雷洛夫寓言“鹰有时飞得比鸡低，但鸡永远飞不到鹰那么高”。通过中外寓言的合用，诗中展开了一个善恶对比、美丑映照的奇异空间。最后，更为出格的是典故的反用：“六月天兵征腐恶，万丈长缨要把鲲鹏缚”（《蝶恋花·从汀州向长沙》，1930年7月）；“今日长缨在手，何时缚住苍龙？”（《清平乐·六盘山》，1935年10月）前面的鲲鹏和后面的苍龙，都是用来比喻敌军的反面意象，以此彰显革命军队的豪情壮志了。对同一意象的正、反、详、拓四种用法，可见毛泽东诗词运用典故的丰富手法和矫健笔力了。

有必要强调的是，毛泽东喜欢“九贤”，虽有独特嗜好，但他对古诗词其实是出入百家，博采众长。《七律·吊罗荣桓同志》首句“记得当年草上飞”，来自黄巢《自题像》诗“记得当年草上飞，铁衣著尽著僧衣”；《念奴娇·昆仑》“飞起玉龙三百万，搅得周天寒彻”，是点化宋代张元《咏雪》“战罢玉龙三百万，败鳞残甲满天飞”，因此他的诗词借鉴重在三唐，却又不拘唐宋。《毛泽东手书古诗词选》中收有117首古诗词，唐有李白、杜甫、白居易、刘禹锡、杜牧、李商隐，五代有李后主，宋有苏轼、辛弃疾、陆游，也是不拘唐宋的。唯有如此，他才能放飞自己的历史情怀，不是老母鸡式只是顾着身边的几个鸡崽，而是苍鹰式搏击长空，俯视大地。

二、结构形态学的三特征

在丰富多彩的革命实践和奔流不息的世界潮流中，毛泽东以一个伟大的历史人物出现于其间，他为唯物史观的深刻内涵，增加了属于实践性、阶级性和人民性的三种基本的诗性表达形式，为唯物史观的诗性表述做出了无可替代的杰出贡献。结构形态学所要考察的，就是毛泽东诗词的历史情怀所蕴含的实践性、阶级性和人民性的形式与功能。

一是历史情怀的实践性品格。在历史情怀的实践性、人民性、阶级性的综合表达中，实践的品格是基础。毛泽东首先是一个革命实践家，属于现代史的创造者。毛泽东诗词往往是在马背上、行军途中及治国理政的余暇写就的，而不是在宁静的书斋中寻章摘句而成的。他在《临江仙·赠丁玲》词中说："纤笔一枝谁与似？三千毛瑟精兵。"毛瑟，是德国毛瑟工厂所制造的步枪和手枪。孙中山在1922年8月24日《与报界的谈话》中说："常言谓：一支笔胜于三千毛瑟枪。"毛泽东借用了这个典故。毛泽东的笔当然不是纤笔，而是健笔、如椽巨笔，但也不排除以万千毛瑟精兵自任。他笑谈以文房四宝打败蒋介石国民党，也以文房四宝描绘建国蓝图。他的实践是大实践。

首先，毛泽东的实践性，是接地气的。他最有本质意义的革命实践，是从1927年发动秋收起义，开辟井冈山根据地开始的。他大概是在行军途中吟咏秋收起义，因此笔墨不事修饰，较为粗豪："军叫工农革命，旗号镰刀斧头。匡庐一带不停留，要向潇湘直进。地主重重压迫，农民个个同仇。秋收时节暮云愁，霹雳一声暴动。”（《西江月·秋收起义》，1927年）他在广大的农村和农民中获得了坚实的立足点和发展的真正潜力，在他看来：“真正的铜墙铁壁是什么？是群众，是千百万真心实意地拥护革命的群众。”（《关心群众生活，注意工作方法》，1934年1月27日）他在实践中为了铸造这铜墙铁壁而呕心沥血，基本的方法就是：“收拾金瓯一片，分田分地真忙”（《清平乐·蒋桂战争》，1929年秋），以土地改革的方法发动农民群众。

毛泽东诗词的历史情怀在井冈山时期与长征以后，存在着不同的气象和境界。鲁迅对于其井冈山时期的作品，曾经含笑而言：“颇有山大王气概。”但是此山大王已非古代的或自发的彼山大王，他已经在“真正的铜墙铁壁”中获得了力量的源泉，因而奇迹性地做到了“敌军围困万千重，我自岿然不动。早已森严壁垒，更加众志成城”（《西江月·井冈山》，1928年秋）。由此可知，毛泽东的实践性是在疾风骤雨中杀出一条生路，以寻找中国何去何从的实践性，他的历史情怀由此具有坚忍的意志。

其次，毛泽东的实践性具有开创的品格。他运用“农村包围城市”的革命道路去创造历史，是以往的马克思主义者没有尝试过的。农家子弟的毛泽东返回农村寻找根本，从中国国情出发，实行了类似于哥白尼把地心说变为日心说的天文学革命，把革命道路由城市中心说转向农村中心说，在中国大地上进行了一场扭转乾坤的革命模式的创造。他许多诗词都是开展这场创造的历史情怀的记录："万木霜天红烂漫，天兵怒气冲霄汉……唤起工农千百万，同心干，不周山下红旗乱[①]。"（《渔家傲·反第一次大"围剿"》，1931年春）他以不拘一格的创造精神，重新解释了"共工怒触不周山"的神话，以大笔墨为千百万工农惊天动地的伟业立传。他又写得如此急管繁弦："白云山头云欲立，白云山下呼声急，枯木朽株齐努力"，"七百里驱十五日，赣水苍茫闽山碧，横扫千军如卷席"（《渔家傲·反第二次大"围剿"》，1931年夏）。这里以云山草木写农村民众，甚至喻之为枯木朽株，用语算得是出格。又连用立、急、力等入声字为韵，以急迫的节奏渲染战况的紧急，以及宣示民众揭竿而起的正义性。其后以数字记录长途驰骋，横扫千军之势，把灵活机动的战略战术，抒写得淋漓痛快。

其三，毛泽东的实践性具有千山万水的壮阔感。在戎马倥偬的岁月，他将人融入自然山川，思考着"个人与历史"这类有关短暂及永恒的命题。这使得他的历史情怀不是孤芳自赏，而是与天地人间互动共生的，显得苍茫辽阔。1963年12月，他写了《七律·吊罗荣桓同志》，首联是"记得当年草上飞，红军队里每相违"。他把当年的战争生活，凝缩为"草上飞"三个字，用来形容神出鬼没的行军速度。典故来自黄巢《自题像》诗："记得当年草上飞，铁衣著尽著僧衣。天津桥上无人识，独倚

① 原文是"教他片甲都不还"，20世纪60年代改。

栏干看落晖。”宋人邵博《邵氏闻见后录》说，黄巢不像历史载的自杀了，而是在泰山狼虎谷，落发为僧，居住南禅寺。据说黄巢在绢本画像题诗云：“犹忆当年草上飞，铁衣脱尽挂僧衣。天津桥上无人识，独凭阑干看落晖。”但是另一位宋人赵与时在《宾退录》中认为，这是元稹《智度师二首》其一“四十年前马上飞，功名藏尽拥禅衣”的张冠李戴。不过，唐末韦庄的《观猎》诗，已有“草上飞”：“鹘翻锦翅云中落，犬带金铃草上飞”。不管如何，毛泽东印象中，红军是高山旷野上的带有传奇色彩的“草上飞”。

这种“草上飞”，以坚强刚毅的精神，一往无前地切入历史脉络。它踏遍青山：“东方欲晓，莫道君行早。踏遍青山人未老”；它跨越雄关：“雄关漫道真如铁，而今迈步从头越”，终至“不到长城非好汉”。甚至它“可上九天揽月，可下五洋捉鳖，谈笑凯歌还。世上无难事，只要肯登攀”。这一连串的表述，令人感受到一个永不停步的实践家坚毅前行的身影。“人未老”，形容青山踏遍之后依然青春旺盛；“从头越”，说明面对雄关如铁，也要鼓起迈步超越的意志；长城、九天、五洋，尽管目的地高远，何妨谈笑风生地上下求索？《论语》有云：“士不可以不弘毅，任重而道远。”此之谓也。

坚强刚毅的意志，是以博大从容的胸襟，作为他历史情怀的。李贺《金铜仙人辞汉歌》写道：“空将汉月出宫门，忆君清泪如铅水。衰兰送客咸阳道，天若有情天亦老。”这是以奇幻的想象，形容感伤之情的沉重，如果让天去负担，天也会变得苍老的。这一想象引起历代诗人词伯的浓郁兴趣。司马光《温公续诗话》记载，对于李贺的“天若有情天亦老”，北宋石延年（曼卿）作的对句是“月如无恨月长圆”。这都是把人间的感情辐射到天象上。毛泽东把李贺这种想象方式，化入自己的诗词。1929年写的《采桑子·重阳》说：“人生易老天难老，岁岁重阳。今又重阳，战地黄花分外香。”1929年毛泽东曾一度被排挤和调离红四军的领导岗位，到永定县苏家坡去养病。其后骑着马途经闽西山区到上杭开会，看到满山遍野的菊花。他在马背上哼出的诗词是如此沉雄俊爽，浑无病态。问题是，年富力强的毛泽东为何谈论“人生易老天难老”？他不是谈论个人的年龄，而是在谈论人生天地间的有限性和价值观的问题，由此而拆用和反用了李贺《金铜仙人辞汉歌》中的诗句。宋人秦观《水龙吟》词，也拆用李贺诗句：“天还知道，和天也瘦。”但与秦观的顾影自怜决然相反，毛泽东强调人应有作为，即便遭遇挫折，也可以在“战地黄花分外香”中汲取顽强的生命力。

果然，“战地黄花”终于散发出“分外香”，这“分外香”，就是在1929年12月福建上杭县古田会议上恢复了毛泽东红四军前委书记的职位。随之面对来势汹汹的闽粤赣“三省会剿”，红军在毛泽东的指挥下，进行避实就虚的行军转移，于是就出现了“山下，山下，风展红旗如画”（《如梦令·元旦》，1930年1月）的开阔前景，短小明快的小令中，展示了诗人轻松愉快的心情。有了“战地黄花”的顽强生命力，局面很快就由“风展红旗如画”的明快，转为“风卷红旗过大关”的雄壮，进而开拓

“十万工农下吉安”（《减字木兰花·广昌路上》，1930年2月）的辽阔。在半年时间内，形势急剧发展，红军乘蒋、冯、阎“中原大战”之机，借重黄公略的偏师，在赣南一带扩大了革命根据地。十万工农，变作“百万工农齐踊跃，席卷江西直捣湘和鄂。国际悲歌歌一曲，狂飙为我从天落”（《蝶恋花·从汀州向长沙》，1930年7月）。再过半年，在打破第一次大“围剿”中，活捉国民党前线总指挥、十八师师长张辉瓒，出现了“二十万军重入赣，风烟滚滚来天半。唤起工农千百万，同心干，不周山下红旗乱”（《渔家傲·反第一次大“围剿”》，1931年春）的波澜壮阔的局面。

其四，毛泽东的实践性，具有重造历史的担当意识。在历史担当中进行气壮山河的创造，这就是他的历史情怀。其诗词写山，总是山与天相连，以“山为天柱”象征着一种毅然浩然的历史担当精神。长征途中作《十六字令》三首，有“惊回首，离天三尺三”之句。作者原注：“湖南民谣：‘上有骷髅山，下有八面山，离天三尺三。人过要低头，马过要下鞍。’”用了俗典，脱口而出，但是反其意而用之，不低头，不下鞍，明快中有风驰电掣的气势。峻拔的山“刺破青天锷未残”，其功能就是“天欲堕，赖以拄其间”，发挥了挽狂澜于既倒的擎天柱作用。这是“仁者乐山，智者乐水”的精神自许。毛泽东写山，写出的是毛泽东敢于担当的精神和魄力。

历史担当，以自然山川、人间社会为舞台。尤其是诗词，写自然山川，实际上是写人创造历史的空间，并且以高山巨川、风雨晴雪、花木云霞，为人的历史行为添颜色，壮行色。因此，人在山山水水之中，是毛泽东诗词中极有魄力、极富灵感的命题。毛泽东诗词有所谓“长征五章”，即《十六字令》三首、《忆秦娥·娄山关》、《七律·长征》、《念奴娇·昆仑》、《清平乐·六盘山》。万里长征跨越的山山水水，赋予这“长征五章”以开阔的视野、无穷的想象及宏伟的魄力。

人在自然中处于什么位置？是自然的奴隶，还是自然的主人，这实际上涉及人是如何创造历史的基本问题。《七律·长征》作于1935年10月，是毛泽东的第一首律诗，把史诗式的巨大气魄，纳入山川纵览和律诗形制之中。“红军不怕远征难”，从人不畏艰难险阻的主体精神写起，并以此贯串全篇。然后看“万水千山只等闲”。其后是大写意的山水长卷——毛泽东式的《万里江山图》：“五岭逶迤腾细浪，乌蒙磅礴走泥丸。”此两句写山。“金沙水拍云崖暖，大渡桥横铁索寒。”此两句写水。“更喜岷山千里雪”，此句反归到山。最后落实到人，人的心情和态度：“三军过后尽开颜。”以人的“不怕难”开头，以人的“尽开颜”结尾，首尾呼应，完成全诗有机而灵动的整体性。长征经历了数百次的浴血苦战，但毛泽东把这些生死搏斗都轻轻放下，却去写流动着的山水，这是何种气象、何等情怀！在山水中间还点缀着走、拍等动词，暖、寒等感觉，以更喜、尽开颜，写内在的精神和最后的结果，形成了人与山川之间多姿多彩的、又富有情感的对话。值得注意的是，全诗自始至终只和山山水水进行心心相印的对话，把国民党四十万军队的围追堵截搁置起来，不屑一顾，使得气势汹汹的敌军都隐没在这些细浪、泥丸的背后了。这首诗看历史的角度非常独特，红军长征史只有五岭、乌蒙、金沙水、大渡河、岷山雪，可以与之比天长地久，确实是在写一首永远属于中国大地的雄伟史诗。这是从天地的视角看长征，而不取普通的人间视角使笔墨拘于细节，这就是毛泽东翻越千山万水的历史情怀。

以长征见证山川的精魂，也见证他本人的雄才大略，毛泽东此时诗兴大发，其历史情怀喷薄着横空出世的气概。在几乎写于同时的《念奴娇·昆仑》中，他又一次展开了人与高山的对话。长征途中并没有经过昆仑山，作者以中国古代昆仑神话的众神之山，这座类似希腊神话的奥林匹斯，古来被视为黄河源而充满神奇想象的山，来进行大历史胸怀的世界对话。这首百字令，在讲了“飞起玉龙三百万，搅得周天寒彻”，为人与山相对，赋予包举宇宙的神话高度之后，在提出“千秋功罪，谁人曾与评说”宏大命题之后，这才真正进入了有几分狂纵无理、又有几分亲切商量的我与汝的对话：“而今我谓昆仑：不要这高，不要这多雪。安得倚天抽宝剑，把汝裁为三截？一截遗欧，一截赠美，一截还东国。太平世界，环球同此凉热。”词的原稿对“昆仑三截”的处置，本是“一截抛洋，一截填海，一截留中国”，显示了一位三军统帅豪情磅礴的气势。发表时最后改定，对“昆仑三截”的处置则兼及欧美，“还东国”又兼及日本，就充分地体现了一个大国领袖面对现代世界的历史情怀之博大。这样就在以长剑裁昆仑的属于诗词想象的无理之理中，注入了深刻的历史理性。

其五，我们再回到前面所说的李贺歌诗“天若有情天亦老”的想象，来考察毛泽东以实践性的历史情怀，化古人情调为神奇的另一特征。历代诗词，不乏对“天若有情天亦老”这一奇句的演绎。欧阳修《减字木兰花》词：“伤怀离抱，天若有情天亦老。此意如何，细似轻丝渺似波。”抒写的是凄艳之情。贺铸的《行路难》：“缚虎手，悬河口，车如鸡栖马如狗。白纶巾，扑黄尘，不知我辈可是蓬蒿人。衰兰送客咸阳道，天若有情天亦老。”这里把李贺的两句诗都搬过来了，叹息着壮志难酬。然而毛泽东一改这种缠绵、衰萎的情调，用以评议历史的沧桑巨变。毛泽东《七律·人民解放军占领南京》结尾说：“天若有情天亦老，人间正道是沧桑。”只有从“人间正道”处着眼，结尾才能承接得起开篇的“钟山风雨起苍黄，百万雄师过大江”。百万雄师发动过江战役才三日，就占领了国民党政府的首都南京。南京是1842年签订中国第一个丧权辱国的《江宁条约》的地方，也是1937年发生外敌灭绝人性的“南京大屠杀”的地方，如今被人民解放军占领，实在是“虎踞龙盘今胜昔，天翻地覆慨而慷”的历史大事件。

这种化古人意境为神奇的特征，在1961年12月作的《卜算子·咏梅》中，表现得更为直接。陆游作有同题的词，也很有名：“驿外断桥边，寂寞开无主。已是黄昏独自愁，更著风和雨。无意苦争春，一任群芳妒。零落成泥碾作尘，只有香如故。”毛泽东把握“无意苦争春”的话题，一改其孤寂愁苦的格调，赋以明快峻拔的姿态:“风雨送春归,飞雪迎春到。已是悬崖百丈冰,犹有花枝俏”,这是一个年近七旬的老人的初春吟唱,在悬崖梅花上吟唱出与早年“战地黄花”同样顽强的生命力。生命力既已感受到早春的信息矣,又因注入博大的历史情怀,而获得珍贵的启发力:“俏也不争春,只把春来报。待到山花烂漫时,她在丛中笑。”在个人与历史的关系中,历史终将山花烂漫,个人却不为此而卖弄风姿,争奇斗艳,能够采取“丛中笑”精神,自是别具高洁的情怀。俏、笑皆是俗语入词,却能天真自然地传达出一种既敢为天下先,又能谦恭无私的平民意识。

二是历史情怀的阶级性特征。毛泽东是搞阶级斗争出身的,属于发动和领导民众进行阶级斗争的行家里手。他的历史情怀中有阶级斗争这根弦,属于理所当然。问题在于阶级意识如何化为诗词,却是一个应该认真探索的问题。在这个问题上,切忌火气外泄,词锋浮露,一览无余,以杀伤诗歌应有的滋味。写诗应该把论说转化为想象,为意兴,为情怀。

比如1957年写《蝶恋花·答李淑一》,何尝不涉及阶级斗争?杨开慧、柳直荀都是阶级斗争风口浪尖上的烈士。但是词里并不直说,而是别开生面地改造了古代“游仙诗”的形式,注入崭新的趣味,把烈士的忠魂送达天上广寒宫。在“我失骄杨君失柳,杨柳轻飏直上重霄九”之后,既有吴刚的桂花酒可饮,又有嫦娥的广袖舞可赏。这种想象方式,令人联想到李白《古风》“西上莲花山”,有仙人导引,有霓裳广带的飘拂,但是“俯视洛阳川,茫茫走胡兵”,就连接上历史现实。杨、柳二烈士在月宫饮酒观舞，也是神仙境界，但是“忽报人间曾伏虎，泪飞顿作倾盆雨”。如此抒写烈士为之献身的理想已偿，革命已告成功，足以告慰英灵，就显得神思纵横，诗情动人。

阶级史观在毛泽东20世纪60年代的诗词中，进一步强化，对其诗情诗味带来日益明显的制约和冲击。作于1961年冬的《七律·和郭沫若同志》说：“一从大地起风雷，便有精生白骨堆。僧是愚氓犹可训，妖为鬼蜮必成灾。金猴奋起千钧棒，玉宇澄清万里埃。今日欢呼孙大圣，只缘妖雾又重来。”诗中把赫鲁晓夫的修正主义喻为妖雾、鬼蜮和白骨精。又批评郭沫若原诗“千刀当剐唐僧肉”，认为改为“对中间派采取了统一战线政策，这就好了”。诗歌毕竟以《西游记》戏曲此隐喻统一战线政策，算得是恰到好处，可见诗人的语言运用到了炉火纯青的程度。但作为诗则不宜有过多的议论，应该有更多的人类情怀和意象神采。

1962年冬写的《七律·冬云》也是针对苏联修正主义的：“雪压冬云白絮飞，万花纷谢一时稀。高天滚滚寒流急，大地微微暖气吹。独有英雄驱虎豹，更无豪杰怕熊罴。梅花欢喜漫天雪，冻死苍蝇未足奇。”全诗的阶级斗争的意味很浓，以“雪压冬云”发兴，意绪苍茫雄浑。除了尾联以梅花、苍蝇对喻，虽有奇气，毕竟笔力略弱之外，中间两联警句迭出，表达在寒流飞雪、虎豹逞凶的国际斗争背景中巍然屹立的豪情壮志，一股不怕鬼、不信邪的浩然正气，荡漾于纸面。

阶级斗争之弦绷得愈来愈紧，成了20世纪60年代中国政治思想的重要特征。毛泽东笔下的雪与花，寒流与暖气，英雄豪杰与虎豹熊罴，梅花与苍蝇，都采取二元对立的方式，用以弘扬斗争哲学，展示了中国如此一个“英雄时代”的政治取向和历史情怀。1963年初的《满江红·和郭沫若同志》，又出现那个被高度藐视的苍蝇意象：“小小寰球，有几个苍蝇碰壁。嗡嗡叫，几声凄厉，几声抽泣。蚂蚁缘槐夸大国，蚍蜉撼树谈何易。正西风落叶下长安，飞鸣镝。”词中对寰球说小，对比着嘲讽蚂蚁国之夸大，在若真若幻的时空伸缩中，把蔑视投向那些不自量力的苍蝇、蚂蚁、蚍蜉，手法独特而奇诡。下半片采取积极的战斗姿态，宣示“多少事，从来急；天地转，光阴迫。一万年太久，只争朝夕。四海翻腾云水怒，五洲震荡风雷激。要扫除一切害人虫，全无敌”。这里以政论入诗，铿锵有力，作为口号，自然可以激励人心，但作为诗词似乎可以更为从容蕴藉，以免直白之嫌。

到了1965年秋的《念奴娇·鸟儿问答》，一个混杂着神话和童话的奇幻世界出现了：“鲲鹏展翅，九万里，翻动扶摇羊角。背负青天朝下看，都是人间城郭。”起笔是非常崇高，力透纸背的。接下来笔锋从天上跌落到地上：“炮火连天，弹痕遍地，吓倒蓬间雀。怎么得了，哎呀我要飞跃。借问君去何方，雀儿答道：有仙山琼阁。不见前年秋月朗，订了三家条约。还有吃的，土豆烧熟了，再加牛肉。”这也是政论入诗，俗语入诗，奇趣逼人，已有元曲的味道，措词未免锋芒外露。至于结尾的“不须放屁，试看天地翻覆”，对于国际政客高度蔑视而出以骂语，痛快倒是痛快，但笔锋的直露为古今词中罕见，就词学规矩而言，颇有点“和尚打伞——无发（法）无天”的劲头。阶级斗争的怒火，在这里是否灼伤了词学高手？

历史是人类活动的全部关系和总体过程，它当然包括阶级斗争，在阶级矛盾尖锐的时期尤其突现为阶级斗争。但是，进入和平建设时期，就不应该把全部的历史活动等同于阶级斗争，而应该以更丰富的思维把握历史的存在形态和真实进程。一旦时时都以阶级斗争为纲，就很难实事求是地把握历史的全部丰富性。写于1964年春的《贺新郎·读史》，在115字的篇幅中，以巨大的魄力试图对历史进程进行整体把握。它以宏大的历史概括能力，举重若轻地抒写诗人的历史观，对几十万年的历史陈迹随心所欲地评点，趣味无穷：“人猿相揖别。只几个石头磨过，小儿时节。铜铁炉中翻火焰，为问何时猜得，不过几千寒热。”这里讲“几个石头”而不讲是“石器”，饶有趣味地把洪荒古远的史前史加以生活化了。对于铜铁的冶炼技术用了“何时猜得”，不仅是追问发明的时代，而且涉及发明的直观猜测性和偶然性。以这种语言方式表述生产力的发展，表述生产方式不断更新，及其对人类早年历史的推移，实在是神来之笔，宝刀不老。然而，私有制的出现，引起流血的战争，诚如《共产党宣言》所说，自有文字记载“到目前为止的一切社会的历史，都是阶级斗争的历史”。于是，“人世难逢开口笑，上疆场彼此弯弓月。流遍了，郊原血”。

历史终于进入了有文字记载的时期，对记载的文字又应取什么态度？“一篇读罢头飞雪，但记得斑斑点点，几行陈迹。五帝三皇神圣事，骗了无涯过客。”对于上古记载文字的话语权，对于儒家推崇的上古圣王，采取怀疑和蔑视的态度。极力肯定的只是“有多少风流人物？盗跖庄𫏋流誉后，更陈王奋起挥黄钺。歌未竟，东方白”。这里的历史观，强化了阶级性。以盗跖、庄𫏋、陈胜为主要风流人物的历史，只不过是造反者的历史，或农民战争史。这与《沁园春·雪》所说的“江山如此多娇，引无数英雄竞折腰”，“数风流人物，还看今朝”，相互间对英雄和风流人物的评价标准，以及阶级斗争之弦的张弛程度、处理方式，都存在着巨大的差异。由此导致诗词中历史情怀的博大醇厚滋味的变化，也是入口便知的。谁不追求自己的诗词佳品，有若绝品佳酿，传世愈久，滋味愈醇呢？

诗词滋味的醇厚，与历史情怀的醇厚关系至深。毛泽东后期的历史观中特别强调阶级斗争。比如1965年7月《致章士钊》，谈《柳文指要》“大问题是唯物史观问题，即主要是阶级斗争问题”。再比如1958年12月印发《张鲁传》给参加中共八届六中全会人员，批语为：“中国从秦末陈涉大泽乡（徐州附近）群众暴动起，到清末义和拳运动止，两千年中，大规模的农民革命运动，几乎没有停止过。同全世界一样，中国的历史，就是一部阶级斗争史。”这些都延续，而且进一步强化了他在革命战争年代说过的观点：“在中国封建社会里，只有这种农民的阶级斗争、农民的起义和农民的战争，才是历史发展的真正动力。”“阶级斗争，一些阶级胜利了，一些阶级消灭了。这就是历史，这就是几千年的文明史。拿这个观点解释历史的就叫做历史的唯物主义，站在这个观点的反面的是历史的唯心主义。”1959年6月写的《七律·到韶山》，中间两联说：“红旗卷起农奴戟，黑手高悬霸主鞭。为有牺牲多壮志，敢教日月换新天。”三十二年前即1927年，阶级斗争的形势确实严峻，然而“逝川堪咒”，时代已发生了根本的变化，眼前已是“喜看稻菽千重浪，遍地英雄下夕烟”。唯物史观是讲阶级关系的，但不仅仅是讲阶级关系。以人为本，经济生产力问题，都是唯物史观的核心观念。历史总体当然包含阶级斗争史、农民战争史，在阶级斗争激烈时期，强调这些无疑是必要的。但在全面建设时期，就要全面系统地研究社会历史的总体结构及其协调互动的合力。如果能够将历史情怀的关注重心，转向以人为本，转向人民史观，那是有助于诗词滋味日益醇厚的。

三是历史情怀的人民性特征。毛泽东的历史观存在着一个发展过程，把人民史观确立为唯物史观的基石，是他对马克思主义的杰出贡献。毛泽东早年习儒读史，读过《左传》、《史记》、《通鉴类纂》，略后又读《读史方舆纪要》、《资治通鉴》，受梁启超“新民学说”和史学思想影响，形成进化史观。1920年读了陈望道翻译的《共产党宣言》等著作，开始以马克思主义阐释历史，指导实践。他把梁启超的“新民学说”、孙中山的“三民史观”，推进到唯物史观的新高度，一个很重要的思想支撑点就是从民众大联合中寻找历史动力。他将《湘江评论》时期即已形成的民众史观，在其后的思想探索和革命斗争中加以马克思主义化，从而丰富了唯物史观的社会文化内涵。

历史观的支撑点需要回答这样的问题：什么是历史的主宰力量？毛泽东作为思想者，对探寻历史支撑点，保持着长久的兴趣。青年毛泽东对曾国藩《圣哲画像记》中“三十二圣哲”进行评议，区分为“传教之人”如孔、孟、朱熹、陆九渊、王阳明；“办事之人”如诸葛亮、范仲淹、左宗棠；而曾国藩则是“办事兼传教之人”。他尤为重视谭嗣同《仁学》提倡的“心力说”，认为由此可以探求某种决定宇宙和社会历史的“大本大源”。湘人思想气质对他早期思想影响之著，由此可知。他在1915年致友人书中说：“一朝代之久，欲振其纲而挈其目，莫如觅其巨夫伟人。巨夫伟人为一朝代之代表……而观一代，皆此代表人之附属品矣。”此时他把握的历史支撑点在于“巨夫伟人”，属于“英雄史观”，但对于一个青年俊杰独立的主体人格的形成，至关重要，不可简单地否定之。

人民史观的形成，是毛泽东走向唯物史观的巨大的精神飞跃。他的诗词所以浑厚深沉，就是由于它们扎根于人民的深厚土层。比如，他在《论联合政府》中说：“人民，只有人民，才是创造世界历史的动力。”《在延安文艺座谈会上的讲话》中指出：“对于人民，这个人类世界历史的创造者，为什么不应该歌颂呢？”他最有传世能力的代表作《沁园春·雪》，是从人与高山巨川的对话开始，而进入了对历史的纵览：“北国风光，千里冰封，万里雪飘。望长城内外，惟余莽莽；大河上下，顿失滔滔。”对话的对象是长城、黄河，也就是中华民族的生存摇篮、生存屏障，作为民族生命力标志的大山水景观。“山舞银蛇，原驰蜡象，欲与天公试比高。须晴日，看红装素裹，分外妖娆。”这就是中华民族的秦晋高原发祥地，可与天公比高，喻其雄伟；晴日妖娆，喻其前景之辉煌。祖国大好河山的无穷魄力和魅力，尽在毛泽东的一“望”之中了，岂不快哉。由于“江山如此多娇，引无数英雄竞折腰”，他就以大空间包揽大时间，以大时间穿透大空间，列举秦皇、汉武、唐宗、宋祖、成吉思汗五大雄主为“无数英雄”的代表。值得注意的是，这里对五大雄主的态度，既然把他们置于两千年的历史过程，就有所尊崇，不然是不会把他们当作进入历史过程的人物的。

这里有四点值得注意：一是毛泽东推重人民史观之时，并没有完全摈弃早年的“巨夫伟人”情结，而是把它们置于历史动力结构的不同位置。位置不同，功能也就不同。词中对两千年间五大雄主是有所批评的，并不像1973年“文革”中写的《七律·读〈封建论〉呈郭老》：“劝君少骂秦始皇，焚坑事业要商量。祖龙魂死秦犹在，孔学名高实秕糠。”对焚书坑儒、孔子学说如此评议，是“商量”的语气吗？

另一点值得注意的是，词中对五大雄主不是采取“劝君少骂”的态度，而是惜其文采风骚的不足。可见此时的毛泽东，是极其重视人文事业对一个民族生命的本质性意义的。人文之中，有一个民族的文明素质、精神家园存焉。毛泽东对于历史人物，称赞贾谊“胸罗文章兵百万”。毛泽东对于现实人物，借用孙中山所引“常言谓：一支笔胜于三千毛瑟枪”，在《临江仙》词中勉励丁玲:“纤笔一枝谁与似?三千毛瑟精兵。”可见他当时把鲁迅“鲁总司令”,看得与朱德朱总司令一样不可或缺,具有相辅相成的推动历史前进的巨大力量。

第三点值得注意的,是历史观的方向:“俱往矣,数风流人物,还看今朝。”毛泽东是历史观中的“今朝派”,古为今用,今必胜古,其历史观不是以历代雄主为框架,而是以人民为创造历史的动力,立足于今朝而开拓未来。这就是柳亚子赠毛泽东诗中所说:推翻历史三千载,自铸雄奇瑰丽词。“推翻”说得重了,岂是推翻,应是在评说中超越。柳亚子的唱和词中,称毛泽东此词足使“千古词人共折腰”,倒是对的,他看到毛泽东历史意识中“今朝性”的重大价值,说“君与我,要上天下地,把握今朝”。

第四点,词中的五大雄主,并没有涵盖毛泽东所推许的历代雄主,以及他对历代雄主的认识的全部。毛泽东讲过:“自古能军无出李世民之右者,其次则朱元璋耳”,不要小看“大老粗”,“老粗出人物”。但《沁园春·雪》无及明太祖,也许是词的篇幅有限。而毛泽东对曹操,则别具情怀,1954年夏作《浪淘沙·北戴河》,面对雨中苍茫大海,叩问着:“大雨落幽燕,白浪滔天,秦皇岛外打鱼船。一片汪洋都不见,知向谁边?”迷蒙境界最能使人百感交集,进入历史的深处:“往事越千年,魏武挥鞭,东临碣石有遗篇。萧瑟秋风今又是,换了人间。”这里用了毛泽东非常喜欢的曹操《观沧海》诗句:“东临碣石,以观沧海……秋风萧瑟,洪波涌起。”古今两位政治家诗人超越千载，以诗词唱和，展开别有意味的心灵对话。毛泽东说："我还是喜欢曹操的诗。气魄雄伟，慷慨悲凉，是真男子，大手笔。"既称赞曹操的大手笔，又夸奖朱元璋的大老粗，其中都有一个"大"字却趋于两极，实在是蕴含着毛泽东文化思想上相当错综复杂的两重性。对于曹操的"大手笔"，他也采取分析的态度，面对着同样的萧瑟秋风，毛泽东没有如同杜甫《咏怀古迹》五首所说"摇落深知宋玉悲，风流儒雅亦吾师。怅望千秋一洒泪，萧条异代不同时"的感伤情绪，尽管那已成了古典诗词的俗套，他却超越俗套而高歌"换了人间"，采取的依然是"今胜昔"的向前看的历史观。

用"今胜昔"一词来表示历史观的前瞻方向，在《七律·人民解放军占领南京》（1949年4月）中体现得最直接："钟山风雨起苍黄，百万雄师过大江。虎踞龙盘今胜昔，天翻地覆慨而慷。宜将剩勇追穷寇，不可沽名学霸王。天若有情天亦老，人间正道是沧桑。"那座曾经为诸葛亮称作"虎踞龙盘"的"帝王之宅"，被强渡大江的百万雄师攻占，天下由此易帜。这一番"今胜昔"是天翻地覆的。但毛泽东要开创的历史，不是到此为止，他想得更远。"宜将剩勇追穷寇，不可沽名学霸王"这一联语，毛泽东又用来评点《史记·项羽本纪》。有若《七律·登庐山》呼唤陶渊明，这里联想楚霸王，也增加了全诗的历史时间和文化内涵的深邃感。本来古兵法有云："穷寇勿迫，归众勿追。"毛泽东反用其意，主张"勇追穷寇"，不给敌人留下苟延残喘的余地。《明史》记载，朱棣于建文二年（1400年）发动白沟河（今河北雄县）战役，大败李景隆的勤王之师，却在随后的东昌战役中傲慢轻敌，被盛庸等人的军队擒斩万余人，身陷重围。毛泽东认为朱棣被胜利冲昏头脑，“自沟河大胜之后，宜有此败”。接受教训后，朱棣千里奔袭，兵临南京，以“清君侧”为名，拒绝议和。毛泽东说他“始终以索战犯为词，使南京无法答允”。这与毛泽东“宜将剩勇追穷寇，不可沽名学霸王”的战略思想，可以相互印证。毛泽东一贯主张对历史知识要“古为今用”，1956年同音乐工作者谈话时说：向古人学习是为了现在的活人。他褒扬朱棣克南京的决心、非议项羽释穷寇的犹豫，都是出于彻底革命的情怀，都是为了现在的活人，属于历史观中“今朝派”的思想。

毛泽东诗词的历史情怀，讲究阶级性而得其阳刚，开拓人民性而增其博大，注重实践性而趋于坚实。而他的阳刚、博大、坚实的历史情怀，是包容万象的。在阶级性的阳刚中包容读史所得的“追穷寇”思想，在人民性的博大中包容早年的“巨夫伟人”情结，在实践性的坚实中包容早年接受过的梁启超（还应加上严复）的历史进化观，并形成了“看今朝”的现实取向。他作为一个把辩证法表述为矛盾论的思想家，思想探索不是采取“狗熊掰棒子”的方式，掰了新的扔掉旧的，而是采取兼容创新、化旧为新的方式，因而为马克思主义的历史观增添了不少感性形式和中国化的内涵。他往往能够擒纵自如地在上述三项包容中，组合了或主或次、或轻或重、或正或反的六种或更多的因素，形成了其历史情怀的英姿勃发、融合多元、化用张力的复杂运作机制。不可否认，他在化用张力之时，难免有时出现某种程度的倾斜，比如阶级斗争的弦绷得过紧，俗语使用过露之类。但是在本质上他是搏击长空的苍鹰，而不是对苍鹰说三道四的咯咯叫的昆鸡。当苍鹰，或者用他更常用的说法，当鲲鹏展翅，背负青天的时候，他的诗词荡漾着的历史情怀如彩练当空，如红霞万朵，放射着一代伟人的气象之美。

2010 年 9 月 16 日讲演稿，9 月 28 日修订毕

中国人的精神谱系与新旧体诗

自20世纪初至今的一百年以来，中国经历了波澜壮阔而又复杂曲折的中学与西学、旧学与新学的冲突融合、并存共进，思想文化在打开世界视野之后，出现了迅猛的转型、困惑的追求和丰富的创新。中国人的精神谱系也因之出现了前所未有的多层次、多脉络演进的错综复杂的状态。明人李东阳渡长江诗云："万古乾坤此江水，百年风日几重阳。"清人又有《登滕王阁》诗云："人世百年风浩浩，长江千古水漫漫。"大江东去，面对思想文化的浩浩漫漫的江流风涛，中国人应该审视自我，审视自我的精神状态，进而作出自觉的历史文化选择。

因此提出"精神谱系"作为审视中国人精神自我的命题，恰逢其时。所谓谱系学，西方称为Genealogy，是研究姓氏家族渊源的一门学问，可以列出树形的或者河网状的祖先传宗接代的序列表谱。我们讲精神谱系，就是清理现代中国错综复杂的文化因素、文化脉络和文化DNA。它是认识自己，研究我们的文化精神的起源、血脉、流向和构成的基础性工作。文学作为精神的风向标，对之进行思想形式的分析，是分析一个民族的精神谱系的相当直观而有效的手段。

现代中国的文学精神谱系是从九十年前的“五四”运动开始发生深刻的变异的。“五四”新文学运动由《新青年》于1917年率先倡导，同年胡适就在《新青年》上发表白话诗八首，白话词四首（包括“采桑子”、“生查子”、“沁园春”等词牌），次年，《新青年》的白话诗歌栏，又有沈尹默、刘半农、周作人、鲁迅、俞平伯、陈衡哲等人的加入。1920年上海亚东图书馆出版了胡适《尝试集》，收白话诗词四十三首，附旧作文言诗词二十二首，是现代文学史上实质性的第一部诗集。非常明显，“五四”文学革命是以白话文作为第一个切入口的，而它的文体革命又是以白话诗作为第一个切入口的。这是“五四”先驱者的文化战略的关键点所在。中国文学谱系的古老大树，长出了生机勃勃的新的根系和枝叶。自此以后，中国文学的精神谱系中就有新旧体诗、新旧体小说、新旧体戏剧、新旧体文章的分裂、冲突、并存、交融，以及它们在整个文学价值体系的位置转移和文类秩序的重建。

经过大约十年的文学激进思潮的涌动和文学社团流派的蜂起，以良友图书公司的编辑赵家璧邀集蔡元培、胡适、郑振铎、沈雁冰、鲁迅、郑伯奇、周作人、郁达夫、洪深、阿英等选编的《中国新文学大系》十卷为标志，一代新文学终于占领了中国文学精神谱系的主流位置，先锋位置。中国人的文学方式、精神方式和创新方式，发生了深刻的变化，打开了一个广阔的现代性的发展空间。这是“五四”新文化运动的杰出贡献。但是历史是不可能完全断裂的，历史与它的文化精神方式的延续、更新和发展，作为主流的新文学形式的补充和并存、反衬，也在顽固地延伸着。只有兼顾文学的主流和它的支流、潜流，我们才能避免对历史解释的简化和肤浅化，才能把握到中国文学精神谱系的完整性。

值得强调的是，诗是文学中的文学，语言中的语言。新文学运动选择语言上的文言和白话，体裁上的文言诗和白话诗作为第一切入口，它采取的文化战略是“核心爆裂”，精神震撼力就格外强烈。爆裂的精神冲击波，表现为三个方面的裂变：一是个人的裂变，二是文学界的裂变，三是全社会的裂变。

先看个人的裂变。“五四”新文学运动的主持者蔡元培支持白话诗成为主流，却认为旧体诗不应禁绝。他在《国文之将来》一文中说：“旧式的五七言律诗与骈文，音韵铿锵，合乎调适的原则；对仗工整，合乎均齐的原则，在美术上不能说毫无价值，就是在白话文盛行的时候，也许有特别传习的人。譬如我们现在通行的是楷书行书，但是写八法的、写小篆的、写石鼓文或钟鼎文的，也未尝没有。”他主张有主流的并存方式。他是晚清翰林，因此擅长律诗绝句，也不足为怪。陈独秀是“五四”新文化运动的总司令，他早年学宋诗，格调高健，意境雄奇，曾指教苏曼殊做旧体诗。1934年囚禁在南京老虎桥监狱，还作有《金粉泪》旧体诗五十六首，寄托着他对历史和现实社会的悲愤的批判。

鲁迅作为新文学运动最深刻的思想家和主将，1918年在《新青年》杂志上曾以唐俟的笔名，发表过《梦》、《爱之神》、《桃花》、《他们的花园》、《人与时》五首白话诗。但他一生从1903年写《自题小像》“我以我血荐轩辕”开始，写过四五十首格律诗。如1932年写的《自嘲》诗“横眉冷对千夫指，俯首甘为孺子牛”，成为他的战斗者人格的极好表达，对于中国人人格意志的影响，超过了许多白话诗。沈尹默、康白情、刘大白、闻一多、朱自清、俞平伯等早期白话诗人也是工于律诗和绝句的。以《女神》开一代白话诗风的郭沫若，也写了大量的文言诗词，比如1937年卢沟桥事变后他从日本归国，作《归国杂吟》两首，是步鲁迅《无题》“惯过长夜过春时”之韵的，郭诗云：“又当投笔请缨时，别妇抛雏断藕丝。去国十年余泪血，登舟三宿见旌旗。欣将残骨埋诸夏，哭吐精诚赋此诗。四万万人齐蹈励，同心同德一戎衣。”至于以《沉沦》等新浪漫派，甚至颓废派色彩颇浓的白话小说震惊文坛的郁达夫，平生只写飘逸苍凉的旧体诗，尤以七言律诗最有神韵，因而自我告白：“我是始终以渔洋山人的神韵、晚唐与元诗的艳丽、六朝的潇洒为三一律。”（《〈不惊人草〉序》）从这些新文学的重要作家的双重写作状态来看，他们自我的精神结构已裂变为自觉的新文学追求和自娱的传统诗艺表达的两个层面，对应着当时的新文学报刊等公共空间，以及自我言志、朋友应酬的私人空间。他们把新文学作品发表在公共空间上，以传统诗词用在私人空间上，这一点纯然出自个人的修养、情感、趣味，比起在公共空间上发表的白话作品更无功利目的。应该指出，拥有这双重性的精神结构，这才是现代中国文化的真实精神特征，才能呈现中国现代文学精神谱系的复调的完整性。

其次的裂变发生在文学界。文学界划分为新派作家和旧派作家，专写旧体诗词者属于后者。姑不论老一代的同光体诗人陈三立、郑孝胥、沈曾植，以及樊增祥、易顺鼎等人，甚至包括南社的柳亚子、陈去病，在“五四”以后还写旧体诗，他们的诗篇以千百计，其中易顺鼎一生作诗上万首，樊增祥则三万首。汪辟疆《光宣诗坛点将录》以《水浒》一百单八将作比拟，将陈三立推为“呼保义”宋江，将郑孝胥推为“玉麒麟”卢俊义。但在“五四”作家看来，他们已是隔代人。

还有一支写作古典诗词的中坚力量，就是大学里的古典文学教授和书画家。前者依凭专业性的诗词学养和精神体验，诗词风格倾于典雅，如马一浮、夏承焘、陈寅恪、钱锺书、吴世昌、钱仲联、沈祖棻、霍松林、叶嘉莹等人都以功力称著，也见才情。书画家中林散之、邓散木、齐白石、溥心畬、张大千诸人的诗作别见神韵，或见画趣，以悟性称长。这类教授艺师在燥热的主流白话文坛之外，承传着中国传统文化的幽雅流脉，为现代中国修筑着一座曲水回廊的后花园。正是由于中国现代文学界裂变出大江急流和庭院深深等多样性的空间，才为中国文艺保留了多一份精彩，多一份滋味。

裂变之三，涉及整个社会。从政军诸界到平民百姓都有能诗者。如国民党元老于右任笔力雄健，晚年所作的《望大陆》：

“葬我于高山之上兮，望我大陆；大陆不可见兮，只有痛哭。葬我于高山之上兮，望我故乡；故乡不可见兮，永不能忘。天苍苍，野茫茫；山之上，国有殇！”读之令人荡气回肠，神思邈远。延安时期的一批老革命家如林伯渠、李木庵等人取“老者安之，少者怀之”之义，成立怀安诗社，出有《延水雅集》，言志抒怀，有诗二千五百余首。

领袖人物中诗词成就最大者，当然是毛泽东和陈毅。陈毅的诗磅礴着戎马人生的豪气，如《梅岭三章》之“此去泉台招旧部，旌旗十万斩阎罗”，显示了何等气概。毛泽东的诗词以《七律·长征》和《沁园春·雪》境界最高。1945年毛泽东出席重庆谈判，把《沁园春·雪》录赠给柳亚子，揭载于重庆《新民报晚刊》和《大公报》，一时轰动山城。蒋介石授意一批右翼才子写《沁园春》，皆反愧才拙。许多民主人士和知识分子为毛泽东词的魄力和气象所折服。如果毛泽东当时写的是白话诗，如胡适在《新青年》上发表的第一首白话诗《朋友》：“两个黄蝴蝶，双双飞上天。不知为什么，一个忽飞还。剩下那一个，孤单怪可怜，也无心上天，天上太孤单。”这类诗绝不可能具有毛泽东的词那种学力、气魄、风范和力量。因此对于一个政治人物，诗词修养已成一张文化名片，一种身份和才能的象征，这是白话诗所没有的文化分量。

如果以上的分析能够成立，我们就有必要反思一下应该如何写现代中国的文化史和文学史的问题。百年中国的现代文化进程，绝不是仅有一条文化线索，一个文化层面，一种文化形态。如果要完整、全面地展示现代中国文学的精神谱系，我们尽可以区别主流和支流，新潮与古风，公共空间和私人空间，但它必须兼顾多种文化线索、文化层面、文化形态。比如在文学史中要写白话诗，也要写旧体诗；既写新小说，也要写通俗小说；要写新戏剧，也要写传统戏曲。这才是真实的中国，而且要给这个真实的中国以一个具有历史理性的“中国说法”。中国文化哲学既有“天行健，君子以自强不息”的创新奋进的一面，又有“地势坤，君子以厚德载物”的和谐包含的一面。如此才能使我们的文化生生不息，与时俱进，又在海纳百川中把我们的文化做大做强。这就是中华文化历久弥新、千古不灭的秘密所在。

2009 年 5 月 21 日

感悟思维与诗词创作

感悟思维，是笔者在进行中西文化比较时发现的中国思维的优势所在。将此一收获贯穿到诗学研究之中，由此提出了“感悟诗学”的重要命题。由感悟这种思维方式，可以衍生出意境、神韵、气象等范畴，牵系着中国诗词的本质和精髓，牵系着中国诗词古今一贯的精神脉络。

“五四”新文化运动提倡的白话诗，在为诗界吹进强劲的新鲜空气的同时，把文言诗词挤压到历史的边缘，挤出公共空间而进入私人写作空间。但是历九十年沧桑，中国文言诗词打而不倒，显示出了惊人的生命力，原因就在于它是中国人的悟性智慧所托，中国人的感悟思维所托。“五四”时期新文化运动的主持人蔡元培，就主张白话诗与文言诗并存，而“五四”运动的总司令陈独秀十几年后在南京老虎桥监狱也写文言诗。一批新文学的主要作家，如鲁迅、郭沫若、郁达夫等人都写了一批功力深厚、悟性飞扬的旧体诗词，用于言志抒怀、酬唱应和，产生了深远的影响。许多教授诗人、书画艺术家以自己的专业修养、自己的性情投射于诗行之中，意兴雅妙，难能可贵地为新诗潮奔涌的现代文坛保留了一个风光秀丽的后花园。尤其像毛泽东的《沁园春·雪》，在重庆谈判中表现出诗人的身份、气象和分量，是一般的白话诗难以比拟的。因此，最近三十年的旧体诗词的复兴，是中国人感悟思维和他们对中国语言的感觉的回归。

一、命题的提出

笔者在研究文学中一贯强调“悟”。在1992年为台湾出版的《中国历朝小说与文化》一书作序时，便提出悟性思维，是中国文论中足以同西洋分析文论并峙的一种审美优势。2002年在题为《中国诗学的文化特质和基本形态》讲演中，进一步提出“感悟诗学”的命题，即中国诗学是“生命——文化——感悟”的多维诗学，以“生命”为内核，以“文化”为肌理，由“感悟”加以元气贯穿，形成一个完整、丰富、活跃的有机整体。由此可以派生出比兴（隐喻）、意象、意境和气象等基本范畴，从而在不同层面和不同方式上作为生命与文化的具有东方神韵的载体，作为感悟进行贯穿运作的基本方式。由于它是多维诗学，不同维度之间可以多姿多彩地交融，互蕴互动，形成丰富的内在审美张力和多义性的互相阐释的可能。

自1996年在福建师大开设“感悟哲学”一课后，2003年在讨论现代中国学术方法时，我从多年阅读过的大量古今文献中遴选了两三百种，系统地讨论并认真地撰写了《感悟通论》，从而把1996年“感悟哲学”讲演记录整理稿一万余字，扩展为近八万字。此文引发了几位年轻学人的关注，他们写出一组笔谈文章《感悟：叩问中国诗学的根本》(《中国文化研究》2005年春季号)。《感悟通论》修订刊发后在学界引起了不少的关注。此是为命题的正式提出。

二、提出感悟思维的根据

中国古代，谈悟之言甚多。北宋张载说：“学贵心悟，守旧无功。”南宋严羽说：“诗道亦在妙悟。……惟悟乃为当行，乃为本色。”魏源选录明末禅师的诗：“动以静为母，疑乃悟之父。”这类古人是可以谈悟的，但谈悟不能止于古老的碎金状态，还要经过现代性的冶炼，将之纳入新的学理体系。

现代学者说感悟，如钱锺书说其根本性：“学道学诗，非悟不进。”朱光潜所说感悟，则展示了充分的世界视野和中西比较意识，他在《随感录》(上)中说：“依心理学的分析，人类心思的运用大约取两种方式：一是推证的、分析的、循逻辑的方式，由事实归纳成原理，或是由原理演绎成个别结论，如剥茧抽丝，如堆砖架屋，层次线索，井井有条；一是直悟的，对于人生世相涵咏已深，不劳推理而一旦豁然有所彻悟，如灵光一现，如伏泉暴涌，是不必有逻辑的层次线索，而厘然有于人心，使人不能否认为真理。……文学创作可分为‘想’和‘悟’两类型，‘想’是得益于人力，‘悟’是得益于天机。”他又认为，中国人的思维特性是“长于综合而短于分析，长于直悟而短于推证”。

应该说，感悟作为人类的基本思维方式之一，在中国既拥有浩繁的文献根据，又在文化实践的经验和智慧上占有优势。在尊重文化多样性、尊重世界各民族都有平等原创权利的明智之士看来，殆无异议，极有深度阐发的价值。

三、感悟思维发展史上的三个关键

建立感悟学既可认识自己的文化，又可启发自己的聪明，不失为文化与自我双修的一门功课。感悟学的追踪、论析和撰述，在艰辛的探寻和思虑中豁然开悟，可以令人心旷神怡，获得某种余味无穷的精神喜悦。要涵养人文情怀，需博学多思，思出境界和趣味，其中一个关键在于能悟。禅宗尚悟，宗门第一公案即拈花微笑：佛祖在灵山会上拈花示众，众皆默然，唯有迦叶尊者并不发呆而破颜微笑，禅门的开宗心印也就非他莫属。这实在是宗教领域关于感悟的极妙传奇。

更有意思的是，感悟想登陆诗学的码头，却因码头上竖有“诗教”之类的铁栅栏，只好绕道于尚无栅栏的书画琴棋的旷野。书法名家王羲之悟性极高，“右军笔法如孟子言性，庄周谈自然，纵说横说，无不如意”。清人刘熙载评价道：“右军书以二语评之曰：力屈万夫，韵高千古。”唐朝草书圣手张旭一饮酒就写草书，挥笔大叫，以头发蘸墨写字，把醉态盛唐的气象表现得淋漓尽致。他自称：“始吾见公主、担夫争路，而得笔法之意。后见公孙（大娘）氏舞剑器，而得其神。”街头小景、舞蹈动作都与书法的律法、神韵相通互借，担夫属刚，公主属柔，公孙大娘舞剑器属于刚柔兼济，可见感悟思维具有匪夷所思的贯穿功能。

感悟还俗，是感悟生活化、诗学化、哲学化的关键。在这方面，宋人的功劳不可抹煞。苏轼的朋友说他论禅浅陋，苏轼反唇相讥，说你讲的是龙肉，我讲的是猪肉，“猪之与龙则有间矣，然公终日说龙肉，不如仆之食猪肉实美而真饱也”。以悟入俗，往往可以俗中出趣，如苏轼想用“鸟”这个在中国俚语中颇为不雅的词语跟佛印开玩笑，苏轼说：“古代诗人常将‘僧’与‘鸟’在诗中相对。举例说吧：‘时闻啄木鸟，疑是叩门僧。’还有‘鸟宿池边树，僧敲月下门。’我佩服古人以‘僧’对‘鸟’的聪明。”佛印说：“这就是我为何以‘僧’的身份与汝相对而坐的理由了。”可见无论是苏轼的出招，还是佛印的解招还招，都是充满着悟性和幽默感的。以上涉及感悟思想发展史上的三个关键：一是禅宗的开创，二是书画的迂回，三是感悟的还俗。跨越这三个关键，其后以禅喻诗，以妙语说诗，也就是水到渠成，“常沛沛以悠悠”了。

四、关于感悟诗学的运用

在诗词创作中，感悟实际已成为较为普遍的、心领神会的一种写诗的思维方式。下面以几例来说明感悟诗学在当代旧体诗词创作中的运用。如江西学者胡迎建，在他的《纪念王渔洋诞辰三百七十周年感赋》中写道：“诗坛萎靡三百年，一瞥几为瓦砾填。吟风弄月无兴寄，模山范水纷雕镌。渔洋山人倡神韵，万法之中得真诠。羚羊挂角求无迹，凤翔千仞龙潜渊。山之空灵在云水，花之风神孕鲜妍。书无气韵墨猪似，画韵意趣如悟禅。而今我辈为诗者，慎勿为物形迹牵。襟怀涵咏在高远，光灵荡摩神理绵。”他从王渔洋的“神韵说”入手，谈论感悟思维方式的广泛渗透，贯穿于书画各领域。

再如北京装帧美术家吴寿写了一首《新春咏怀》：“金迷纸醉属名流，彻夜笙歌百尺楼。腹饱已忘瓜菜代，财粗谁解稻粱忧？有钱痛饮人头马，无意甘当孺子牛。紫气东来沉百年（载），千官自在写春秋。”这是一首讽喻诗，是讽刺腐败官员的。警句工整，出自自由联想的悟性。重庆市学者刘静松写了一首《贺新郎·咏火柴》：“瞧这一家子：小房儿，百余十口，不忧其挤！个个直入擎天柱，要把颓空撑起；躺下是，待燃诗句。瘦骨嶙峋头脑在，但平生发言唯一次。光与火，灿如炬。明知言罢难逃死。叹男儿，成仁取义，前行后继。天降我材何所用？一逞胸中豪气！遭劫难，强能天意？休羡火机华且贵，汲他人膏血成肥己。藏机巧，赚公喜。”这是一首咏物词，所咏之物亦非古代诗词作者所能见：火柴（洋火），兼及打火机。感悟使之超越了功利主义，不是讲火柴的世俗功能，而是以这个功能为引子，直逼对于人的牺牲精神和献身品格的象征。尤其是拿打火机作反衬，更是神来之笔。诗名显于上述作者的，大有人在。当代诗坛高手的悟性光彩，可想而知。悟性运用纯熟可以使自己的思想舞动，意趣飞驰，举重若轻，不着痕迹。

毋庸讳言，旧体诗写得平庸，就流于“打油诗”；就如白话诗写得平庸，就流于分行的口头禅一样。总之，白话、文言，新体、旧体，关键在于有悟性，有灵感，把诗句炼出精神。应以悟性看世界，对诗神的降临抱着一份敬畏。有电光石火的感觉，将之在汗水、泥水、血水浸泡和升华，把感悟蕴含于汗、泥、血之中。不满足于写一些应景的诗词，而要千锤百炼，以经营精品为乐趣，有志于以有限的诗篇铸造诗名，放出妙悟的光彩。

2009 年 5 月 22 日于西安

第三辑　更上层楼

学术境界与研究方法

博士后制度的文化战略意义

博士后合作导师的责任与机遇

学术境界与研究方法

我们召开全国首届文学博士后论坛，应该认真思考的问题是“博士后何为”。解决好这个问题，是办好博士后流动站的关键。博士后制度，已经是我国培养尖端人才的一种制度。博士后学者经过硕士、博士的学习训练，已经是高层次人才，已经具备基本的独立研究能力，可以写文章和出书了。但“百尺竿头，更进一步”，如何进这一步，在学术上成为有档次的学者，这很要紧，也很要命，还需要认真思索。

首先，对自己的学科，对我们的文学研究，要有本质上的理解。把文学当做一个生命过程，一个个体的审美生命和民族的精神谱系在诸多层面、诸多方向、诸多形式上互斥、互动、互补、互化的过程，研究它的发生学、存在状态与历史脉络，研究文学中的人与文化。由此透入文学的深层奥秘和内在意义及形式机制，这样就可能独到地抓住关键问题。将资料收集齐全，然后按照学术规范，加以条理分析的做法，做一般的文章或教科书都没问题，但作为实质性深入的研究还不够，还应该有原创性的学理思辨。

以延安文学的研究为例。要窥破延安文学的精神本质，探索它生命的意义在哪里，不能简单地按照文学概论里面的四分法去对号入座，四平八稳地分析它的诗歌、小说、散文、戏剧。而应把它看作一个生命过程，那就要从秧歌舞、秧歌剧写起，看它怎样把一种民间资源转化为政治的和审美的资源，把为群众喜闻乐见作为出发点和归宿点。秧歌舞牵涉到陕北地区节日的民俗，在由舞到剧的发展中，它又融合了哪些民歌民谣、地方曲艺和民间故事的因素？在政治标准的驱动下，这些因素又出现怎样的变异？怎样重新编码？最终怎样把政治融入民俗，又化民俗为政治？从这个角度来研究延安文学就会拓展出许多由文化人类学（民俗学）到文学政治学的学术创新的空间。

在1942年延安的文艺座谈会上，有一个"《小放牛》话题"令人历久难忘地成为记忆的亮点。边区民众剧团的柯仲平发言说："我们主要是在农村演出，群众很喜欢《小放牛》这类戏。每次演出，群众都慰劳我们，送来许多大红枣、煮鸡蛋。我们吃不完，还一路走一路吃，沿路丢下许多鸡蛋皮。谁要想找我们民众剧团，你不用问人，只要顺着地上的鸡蛋皮、花生皮走，就能找到。"这番话引起哄堂大笑，毛泽东带头鼓掌。实际上，这一路的鸡蛋皮、花生皮具有象征意义，它成了用新的态度和方式解决文学与政治、文学与民间文艺资源、文学与农村民众之关系的最初的路标。顺着这座路标往前走，延安鲁迅艺术学院1943年春节，举行盛大的秧歌表演，这成了春节风俗定例，秧歌队年年走遍边区的乡镇山村，观众超过八百万人次，并且随着战争的胜利走向全国。这股强劲的秧歌风比“《小放牛》话题”就更进了一层，它是延安特色，事关延安文学的发生学和本质。不从这里切入，就难以把握延安文学的脉。像延安鲁艺的《兄妹开荒》，像《夫妻识字》等名噪一时的秧歌剧，应该看作延安文学的真正的新开篇。研究文学，就要从这些根脉上入手，才能把握它的整个生命形态。当时民众有一段秧歌词：“诸位同志听我说，种花要种绿籽花，种谷要种狼尾巴，看秧歌要看鲁艺家。”贺敬之初识民间艺人韩起祥，问他是否知道鲁艺，韩起祥说：“那我知道，都是些有学问的人哩。边区老百姓都知道鲁艺家的秧歌好着哩。”鲁艺与秧歌就有着这么血肉相连的关系。贺敬之写《白毛女》，最得意之笔不是写斗争恶霸地主的场面，而是过年下雪的诗意和头上扎红头绳的民俗气氛。喜儿唱词的曲调来自河北民歌《小白菜》，杨白劳唱词的曲调来自山西秧歌《捡麦根》。这在过去白毛女原型故事中是没有的，它包含着作者对延安民俗的体验。周扬对《白毛女》的评价又上升到文学政治学的高度，认为“旧社会把人变成了鬼，新社会把鬼变成了人”。这样文学和民俗学、政治学，通过秧歌舞和歌剧相融合的形式联系起来，它们之间的交叉出现三维度的理论空间，充实它就可能出现原创性的思想。把文学与民俗学、文学与政治学联系起来，再由这条思路去观照延安文学的其他形式，这种新形态的文学本身的特质就凸现出来了。所以文学研究要有境界，上档次，要对文学本身生命有深切的理解，就必须敞开对它的认知空间，进入文学本身过程。最根本的方法，就是直指文学本原，这样文学形态才会敞开新的理论空间，有理论空间才有创造。如果只从概念出发，就会束缚我们的思想，遮蔽我们的透视力。这可以概括成十六个字：直指本原，敞开空间，充实学理，走向原创。

其次，就是要读万卷书，行万里路。读书和行路要结合起来，这两个“万”字是相互为用，不可偏废的。不读书，行万里路就可能成为一般的旅游观光，周围对你的刺激就没有文化助力，入心必浅；不行万里路，只读万卷书，知识可能堆积成疙瘩，就会窒息你的性灵，缺乏开阔的文化胸襟和魄力。行万里路，书本的知识才能激活；读万卷书，看到的景观才能会心微笑，别有滋味。二者结合起来，这个“万”和那个“万”相互碰撞，可以逐渐养成根基更深厚的、维度更舒展的精神创造的姿态。八十多年前，章太炎曾批评当时的学堂教育，只重视课堂讲授的“耳学”，忽视阅读原著的“眼学”。其实，人间学问不仅要用眼学、耳学，还要用“手学”（用手去找各种资料）、“脚学”（用脚去做田野调查研究）、“心学”（用心去体验、思辨、创新），做到“眼、耳、手、脚、心”五学并用。人有那么多的感知、接受、消化和创新的身体能力，为什么不五学并用呢？五学并举，协同为用，各尽所长，综合创新，就可以形成调动人的全部潜力的合力机制。王国维说清初学问特点是大，乾嘉学问特点是精，道光、咸丰以后特点是变。清初学问大，是因为时局变动，学者处于底层，行路多。行路多了之后，做学问的心态、资源和方式就发生变化。

以司马迁做学问的方法为例。司马迁跟着董仲舒学习《公羊春秋》，跟着孔安国学习《古文尚书》，从父亲那里继承了大量的史料积累和诸子学见解，“百年之间，天下遗文古事靡不毕集太史公”，可以说读过万卷书，有深厚的眼学、耳学和手学的功夫。同时他行万里路，脚学和心学的功夫也很到家。司马迁写《史记》之前，二三十岁时在外游历，“南游江、淮，上会稽，探禹穴，窥九疑，浮于沅、湘，北涉汶、泗，讲业齐、鲁之都，观孔子之遗风，乡射邹、峄，厄困鄱、薛、彭城，过梁楚以归”，足迹遍及黄河、长江、淮河流域，探访了中国上古史上很多遗迹，行程在两三万里。比如说他既然要“传行天下求古诸侯之史记”，从长安东南行，就会经过汉水、江陵，再到沅水、湘水、长沙、汨罗，这条路实际就是屈原之路。屈原出生、做官在江陵附近，后来流放沅湘，沉江汨罗。汉武帝让淮南王刘安写作《离骚传》，按照汉武帝时候的规矩，天下郡国文书“先上太史公，副上丞相”，(《史记·太史公自序》之南朝裴骃《集解》，以至于卫宏《汉仪注》由此认为太史公“位在丞相上”则是不实之词。)因此司马迁在长安是可以看到《离骚传》的，《史记·屈原传》中既然大段引用《离骚传》，他漫游江淮的时候，也不是没有条件去淮南王的故地，也是屈原研究中心的九江郡作些考察。学术界有过屈原否定论，代表学者如廖季平、胡适和日本的一些人，他们看到先秦文献中少有屈原记载，就大胆地“疑古”。怎样才能辩驳屈原否定论呢？最有力的证据就是司马迁的考证，他考察过屈原的出生地、为官地、流放之地、沉江之地和当时的屈原研究中心。司马迁距离屈原才一百五十多年。以当时的社会节奏看，遗址、遗物及相关人物，他还可能找到。根据周到的考察，作为负责的历史学家，司马迁认为屈原是存在的，写出了《屈原传》。我们是相信相距一百多年的伟大历史家的考察，还是相信两千年后后人根据某种观念的推论？这是不言而喻的。

司马迁的壮游和考察，"网罗天下放失旧闻"，与历史遗迹、与民间社会进行广泛的对话，创新史学方式，甚至调整了史学立场。他到过会稽，探寻大禹、吴王勾践的遗迹；考察姑苏，接触到吴国的首都和楚国春申君的遗迹。关于韩信的材料，所谓漂母赐饭，所谓胯下之辱，都是他在淮阴调查研究的结果，过去的历史很少有这种深入民间的采集和记载。实地感受生活的细节、腔调和语气，这一点是可以改变历史写作的方式和气质的。然后司马迁又到了孔子的家乡，在孔府看了礼乐的表演，大有感慨，流连忘返。再到峄山、临淄，考察了秦始皇东巡刻石、齐国首都，以及稷下学派活动的地方。到了彭城、沛县、垓下，记录了项羽、刘邦和楚汉之争的很多材料。比如霸王别姬时的垓下之歌，当事人虞姬、项羽都自杀了，当时中军帐里在场的人都已阵亡，这歌如何流传下来？可能是"太史公好奇"，采访当地的父老记录下来，后人才知道有"霸王别姬"这个楚汉之争的点睛之笔。还有《陈涉世家》中的"苟富贵无相忘"，"燕雀安知鸿鹄之志"，"王侯将相宁有种乎"，"夥颐，涉之为王沉沉者”，都是司马迁实地调查的结果，没有调查是很难找到这种民间情境和民间口吻的。而当时司马迁离陈涉起事只有几十年，很多人、事还可以找到材料。最后司马迁经过大梁，也就是秦始皇放黄河水淹没魏国首都，以及西汉梁孝王兔园所在的地方，然后取道洛阳回长安。司马迁这一番游历，现场感受了历史人事遗址的地理方位，收集了很多地方性、民间性的材料。顾炎武《日知录》说，司马迁写战争对行军路线了如指掌，对山川郡国全局在胸，这是因为他实地看过，是看过文字再到实地，所以写战争活灵活现。司马迁这一走还改变了他的史学立场：为一个先秦少有史料记载的悲愤的诗人屈原立传；将项羽升格为本纪，陈涉、孔子立为世家，采取了民间的立场。后来他以郎中的身份奉使西征，到了西蜀、云南，以及多次随汉武帝出巡，对于《史记》写上《西南夷列传》，写上“八书”尤其是《封禅书》、《河渠书》，都至关重要，从而开创了把少数民族史、文化史写进正史的先例。傅斯年认为，《史记》八书，“斯真睹史学之全，人文之大体矣”，“其在欧洲，至十九世纪始有如此规模之史家也”，“使吾人感觉子长创作力之大，及其对于史学观念之真（重年代学及文化史），希腊罗马史家断然不到如此境界”（《史记研究·论太史公之卓越》）。可以说，司马迁做的是大史学。中国的史学形成这样的大模样，和司马迁“读万卷书，行万里路”很有关系。

读书重在时间搜索，走路重在空间开拓，二者结合，就使得文学研究不仅有时间维度，还会融进空间维度。文学研究要做深，做活，做成民族的精神过程，必须有视野开阔、层面丰富的空间维度。再讲一个大家熟悉的成语：环肥燕瘦。唐朝崇尚肥胖美人，汉朝喜欢苗条美人。为什么？过去只是笼统地说时代审美范式发生了变化，实际上如果敞开空间维度，这是一个很值得探讨的文化意蕴很深的问题。大家都知道，“楚王好细腰，宫中多饿死”，这是《后汉书》记载的一位大臣给太后上疏中的话。查考先秦文献，“细腰”风尚并非只是宫女如此，楚国士人、臣子也是如此。先秦文献如《墨子·兼爱》记载：“楚灵王好士细腰，故灵王之臣皆以一饭为节，肱息然后带，扶墙然后起。”这里讲的是楚国的臣子，并非楚国的宫中美人。《战国策·楚策》记载楚国重臣对楚威王的谈话，这是不能掺假的，他说：“昔者先君灵王好小腰，楚士约食，冯（倚凭）而能立，式（扶车前横木）而能起。”涉及的是楚国士人。其他如《晏子春秋》说：“楚灵王好细腰，其朝多饿死人。”《荀子》说：“楚庄王好细腰，故朝有饿人。”《韩非子》说：“楚灵王好细腰，而国中多饿人。”说的是细腰风尚遍及国中和朝中。由此可见，好小腰，节食，以致行动都要搀扶，正是楚国的风气，这种风气并非局限在宫中，而是遍及国中、朝臣和士人。楚国出土的帛画这一点也很明显，比如长沙子弹库楚墓帛画《人物御龙图》中的男子，长沙陈家大山楚墓帛画《人物龙凤图》中的女子，都是宽袖长袍细腰的。楚国巫风极盛，祭神歌舞追求宽袖细腰。据桓谭《新论·言体》记载：楚灵王本人曾经“躬执羽绂，起舞坛前”，以其亲身表演，推动了巫风歌舞风气。徐州西汉楚王墓出土的兵马俑，高约一尺许，士兵都是细腰，包括骑马的士兵也都是女人相、细腰。汉朝的初期楚风北上，刘邦、项羽都是楚人，戚姬在汉宫中唱楚歌、跳楚舞，所以汉成帝喜欢赵飞燕细腰是理所当然的事。而且根据这些材料推测屈原可能也是细腰。《离骚》、《涉江》写道："高余冠之岌岌兮，长余佩之陆离"；"带长铗之陆离兮，冠切云之崔嵬"。如果不是细腰，长剑、长佩怎么可能在腰间晃荡陆离呢？郭沫若说，长沙子弹库楚墓出土的《人物御龙图》，可能画的就是屈原，明代陈老莲的《屈子行吟图》也把屈原画成宽袖细腰。屈原的芳草美人之喻，在自己与楚怀王的约合中把自己比作美人，"众女嫉余之娥眉兮，谣诼谓余以善淫"，恐怕也脱不了与朝臣士人女性化的细腰风尚的干系。

而唐朝统治者是关陇集团，是在鲜卑贵族的政权下的将门家族。唐太宗曾祖父李虎是北周开国六柱国之一，太宗祖母独孤氏是鲜卑人，母亲窦氏（纥豆陵氏）是突厥人，妻子长孙氏是汉化的鲜卑人。他们的母系出身于游牧民族，或如唐人柳芳在《姓系论》中说："代北则为虏姓，元、长孙、宇文、于、陆、源、窦首之。"游牧民族因为劳动生产的需要，要逐水草而居，随鞍马征战，他们对女人的审美风尚就是健壮，不能被草原一阵风就吹跑了。洛阳龙门石窟中，唐太宗的第四子、魏王李泰给长孙皇后做的佛像，是按照她的相貌制作，方脸的特点就很明显。唐墓出土的许多女陶俑，一个个都胖嘟嘟的，也是当时的美人胚子，因此杨贵妃这个胖美人"回眸一笑百媚生，六宫粉黛无颜色”，乃是一时风气使然了。

因此，把“两个万”（读万卷书，行万里路）和“五种学”（眼学、耳学、手学、脚学、心学）结合起来，在文学研究的时间进程中，加进和强化空间维度、地理维度和民族维度，就会对中华文明和中华文学产生很多新颖独到、文化意蕴浑厚的生命体验。如果想做成我们民族的有深厚底气和博大精神的学问，与世界进行深度的平等对话，就要把“五学”方法都做起来。只有这样，才有可能造就博大精深的通人之学。博士后“百尺竿头，更进一步”，就应该朝这个方向努力。既要经过科班训练，又要超越科班训练，去除科班训练带来的匠人气，途径就是“读万卷书，行万里路”，培养原创精神的魄力和根基。

（2007年10月20日全国首届文学博士后论坛演讲整理稿，原载《北京大学学报》2008年3期）

博士后制度的文化战略意义

近时读到一批博士后学者的论文和专著，每有后生可畏之感。他们生逢其时，改革开放为之创设了一个成为拔尖人才的制度，几经学位炉火之后，又来一番博士后的淬炼。“百尺竿头，更进一步”，在不息的历阶而进中，至于精深。大批博士涌现，已使我国人文社会科学研究队伍的结构发生深刻的变化，若从其中择其精华而开其光彩，是可望使其学术从小成而进于大成的。因此，以战略的眼光和胆识，深入开发博士后制度的潜力，造就一批学术拔尖人才，是可以为我们作为现代大国的文化原创能力的提升，注入一股强劲的人才资源的。中国社会科学院既被中央定位为哲学社会科学的最高殿堂，尤应注重此项建设。

我曾经读过的两部博士后专著，称得上近年来中国古典文学和现代文学中极具开拓性，并且有厚重的学术分量的书，同行每次谈起，都认为博士后研究自有它难以代替的优势。女博士后的书，名曰《两周诗史》。要给《诗经》三百篇作品进行编年学研究，这实在是中国古典文学研究的“难题中的难题”。但这位青年学者博士期间，经名师指点，写出13万字的《诗三百年表》，并完成《西周诗史》。博士后期承续此业，在另一名师点拨下，遍考先秦两汉文献，广搜甲骨文、金文、简帛等出土文献，尤其是郭店战国楚简，上海博物馆藏战国楚竹书，以及周成王、穆王以降的一批钟鼎铭文，从礼乐制度与典章文物的发展轨迹，考索出《诗经》文本在周康王、穆王、宣王、平王和齐桓公、孔子时的六次编纂形态。得益于博士和博士后制度，作者苦研七个寒暑，把《诗经》编年学推至前人未曾达到的深度，为同行前辈刮目相看。

另一部书叫做《语言运动与中国现代文学》。作者博士期间研究现代文学流派，已初露锋芒，并且感受到语言革命的问题，即以白话代替文言进而实现“国语的文学，文学的国语”，乃是一个贯串整个现代文学史的基本问题。博士后期间，在联系导师的指点下，他把现代文学研究与现代语言运动、语文教学进行交叉融合的考察，在跨学科研究中，打破了原先对现代文学语言只作笼统描述，或用中国文学语言事例论证不作质疑的西方理论话语的研究格局，为现代文学研究增强了学科“新质”，在开拓学科的新文化空间中居于学术前沿。为此他广泛地搜集北京、上海、杭州、广州图书馆中数以百计的原始报刊，复印、抄写和拍摄了在他原来从教的大学不可能找到的上千万字的文献资料。诚如古人所云，“能读千赋则善赋，能观千剑则晓剑”，因而纠正了以往学界不少似是而非的见解。诸如人们以为许多西方语汇由日译汉字转入中国，经他发现西方传教士马礼逊1808年开始编纂、1822年在澳门出版的第一部汉英字典《华英字典》，证明“不少词汇原来是日本从入华传教士编纂的汉外辞书中借取的汉字新语”，此类新见，都令人眼睛一亮。此书出版后，获河南省社会科学院优秀成果一等奖。

对于一个有潜力、有作为的青年学者而言，博士以前的学习重在“明规范”，博士以后的研读重在“上档次”，也就是说，把以前积累的学科知识和研究规范加以点化、提升，进入更高的学术视野、学术方法和对学术本质之理解的新境界。从而对原有知识和新获知识，能够观照深邃，出入自如，化生出新的更高层次的创造性文化空间、逻辑思路和学理体系。这番点化提升是一种艰苦的学术上脱胎换骨的过程，有时甚至是破除浅白而陷入困惑，然后再破除困惑而豁然开朗的精神攀登过程。有位博士原来是研究明代小说人物系列的，按此思路，著文发表和出书并不存在太大困难，但要进入全国学术前沿，还须在学思层次上有一个深化或飞跃。在博士后期间，联系导师指点她从人文地理学角度考察明代文学，并举出了明嘉靖年间“议大礼”造成包括杨慎在内的数以百计的文人被贬谪、流放这类历史公案。她为掌握这种学理角度，几乎遍读了明代诗文总集和许多别集，在相当长的时间中充满学术创新的焦虑。她终于发现，明洪武十五年后整肃相权和诛杀功臣的一系列冤案中，有一批文化人被流放到初经平定的云南边陲，并为宁南王沐英在那“天高皇帝远”的地方，收容为幕僚，诗酒酬唱，别具风光。她的一些考证显示较深功力，甚至补充或订正了孙楷第先生《元曲家考略》中的缺失，并在诗文评述上也把握得相当到位。因此，一些资深的明代文学专家认为这是优秀的博士后研究报告，此前尚未有人如此研究过，而学者本人也深感其学术有脱胎换骨的痛快。

博士学者在名师指点下初具学术积累后，又有一段不算太短的时间进入别处的博士后流动站，在别具造诣的联系导师的诊断和点拨下，静下心来，对原本的学术成果及其研究方法、研究境界进行反思，这对于学术上认识自己，发展自己，形成一种比较性思维和复合型思维，从而把学术做新、做大、做深厚是极有好处的。青年学者容易陶醉于自己出手不俗的学术成绩，对自己学术的优长和缺陷一时难有理性自审。因此在比较性思维中获得学术自审，又在复合性思维中获得进一步创新的动力，这是学术再上档次的必要条件，也是博士后流动站能够有所作为的功能所在。曾经接触过的一位青年学者，博士期间已发表了论文和专著，但思路集中在现代女性文学的考察。在其转向当代文学研究之时进入博士后流动站，联系导师指点其以文献学的方法，对抗美援朝文学进行专题性研究。于是就对20世纪50年代十年间《人民日报》、《人民文学》、《解放军文艺》、《文艺报》、《光明日报》、《文汇报》、《中国青年》、《新华月报》等重要报刊，进行了地毯式的专题文献清理，并以统计学方法对其中的两千五百余种不同体裁的文学作品，进行编年学分析和分类学分析。同时由1950年追踪而下至21世纪，对各种体裁的抗美援朝文学书籍五百九十四种进行主题学的分析。借用一个比喻，先用“虫子”的视角钻入文献，细察其内在的隐秘，再用“鸟儿的视角”，鸟瞰文学潮流的宏观行程。二者综合为用，由此第一次完整地展示了新中国文学第一个浪潮——抗美援朝文学的丰富脉络，揭示了从延安文学到新中国文学之间政治与文学因缘的过渡性特征，以及成立不久的新中国在遭遇近邻突发性战争时进行文学总体动员的应急机制。其产生的论文《抗美援朝文学叙事中的政治与人性》，获权威刊物《文学评论》优秀论文奖，这项研究也列入中韩日国际合作项目《晚清以来中国作家的对韩叙事变迁的研究》（韩国教育部立项）。还有一位博士后学者在联系导师的指点下，接受了感悟诗学的观念，并以此观察中国现代诗学的发展，写出三十万字的专著。同行认为，他的论文已出现了以往不同的新境界，多次在权威刊物上发表，并申请成为国家社会科学基金项目。颇有一些博士后学者在出站后，即被评为教授，列为大学学科带头人，或者晋升为文学院的院长、副院长。

博士后制度的一个好处，是学生可以选择导师，导师可以选择学生，容易在一种行家里手的状态中形成学术上的默契和共鸣。这一制度具有中国古代书院的某些特点，师生互择、因材施教、潜心研读、自行理会，又相互切磋诘难，在思想碰撞中有效地汲取名师学问思辨之秘，真切地体会到什么学术才是有根柢的创新。尤其像中国社会科学院博士后流动站，不仅名师资源、图书资源、名刊资源丰富，而且众多学科的学养、学风传统深厚，博士后学者参加这里高水平的论坛、读书会、讨论会，浸染于其间，学术心态和学术境界都得到润物细无声的滋养。比如有位博士后学者，原是做唐宋文体研究的，进站后改为《左传》研究。在与联系导师和周围学者的问学穷理中，该学者逐渐认识到清学和民国学术的建树和基本缺陷所在，就把原先设想的研究《左传》的叙事学角度，改为中华民族文化共同体的精神历程的角度，并从国脉、族脉、家族脉、人才脉、学脉等线索，以及重大旅行、客卿制度等角度，切入《左传》文本的丰富层面。在全国《左传》学术研讨会上对自己的研究角度略作介绍，即引起几位资深专家的高度注意，打电话与之探讨，认为这种研究角度别开生面，为前人所未思及。另有一位博士后学者原来研究唐宋诗词的名花意象，进站以后，在联系导师和同行专家的指点下，把名花意象研究与《四库全书》谱录之学联系起来，在一年的时间遍读古代谱录之书二三百种。如此研究方法，既可增强学术发展的后劲，又可在逐渐深入中开拓新的交叉学科分支。其长篇论文《唐宋诗词名花意象与中国文化精神》在《文学评论》发表后，即被《新华文摘》转载，论文的文化视境开阔，富有悟性，在揭示名花意象内涵的丰富性中展现中国文化精神阴阳互补、和谐共进的深厚性，确实达到唐代诗人杜牧所说的“学非探其花，要自拔其根”的学思效果。

本人接触的博士后论文和专著还不算多，但由于2007年在全国首届文学博士后论坛上做的主题演讲，被记录整理为《学术境界与研究方法》，发表在次年的《北京大学学报》上，就有一些博士后联系导师与我谈论指导博士后的心得。大家的共同的感受是，指导博士后是对自己学术造诣和能力的严峻挑战，是教学相长的极好途径。《礼记·学记》曾经告诫："独学而无友，则孤陋而寡闻。"高深的学术难得有几位知音相互切磋，相互诘难，有此，乃是学术生涯中的一大乐事也。同时也深感博士后制度，乃是培养拔尖人才的极好途径，对一批富有学术潜力的青年学者择其精华而开其光彩，可以有效地推动中国学术以现代性和原创性的风采，走向世界，进行高层次对话，发出中国的声音。这些资深学者都有一种愿望，竭诚敦请各级领导部门持之以恒地重视博士后制度的健全发展，以高瞻远瞩的魄力和胆识给拔尖人才的出现和成长，提供更具力度的支持。

2009 年 3 月 29 日

（收入《光辉的历程——纪念中国博士后制度实施二十五周年（1985~2010）》，中国人事出版社 2011 年版）

博士后合作导师的责任与机遇

关于博士后问题，我已经写过两篇文章，一篇讲博士后研究的特点，题为《学术境界与研究方法》；一篇讲博士后制度，题为《博士后制度的文化战略意义》。今天讲的是第三篇，是思考博士后合作导师有关问题的，题目是《博士后合作导师的责任与机遇》。

如题目所标示的，我们要认识到，博士后合作导师与博士生导师已经有了实质上的区别，他已经不是注重学业上的传授，导师前面多了“合作”二字，是博士后学者的合作伙伴，虽然是学术身份上不完全均等的合作伙伴。人们喜欢引用韩愈《师说》中一句众人皆知的话：“师者，所以传道、授业、解惑也。”但是，导师前面一旦加上“合作”二字，所谓传道、授业、解惑，就不是单向的，而是双向的，道业互动，疑惑共解。

一、博士后合作导师的责任

合作导师与博士后学者在研究上的这种双向互动性，不仅对于博士后学者，而且对于合作导师赋予新的责任，也带来新的机遇。首先讲责任，责任起码有三条，一是以高度的责任心，选择好博士后学者。博士后申请人经过博士学习的训练，已经具有相当的研究能力，并且已经发表一定数量的论文著作。只要合作导师有眼光，已经有相当的根据辨析这位申请人具有何种潜质，是否可以造就，应该如何加以造就。优良的潜质和造就的可能性，是我们选择博士后学者的主要维度。博士后学者的选择是我们可以有所作为的渠道。孟子讲过“君子三乐”，其中的一乐，就是“得天下英才而教育之”。实际上，造就一个杰出的博士后，比虚应故事地带上十个一般的博士后，更称得上是人生乐事。因此，博士后最重要的是讲究质，而不是泛泛的量。要戒绝合作导师多带几个博士后做面子的虚荣心。我们的博士后流动站应该在选好博士后学者的前提下，发挥社科院著名学者众多、图书积累丰厚、学科布局整齐的优势，造就一批新世纪的学科带头人和根柢深厚、思想新锐的创新型人才。

二是与博士后学者商量好具有发展潜力的研究方向。由于我国的学位制度和博士后制度的建立，现在的年轻学者的科班训练普遍比上两辈学者好，进入高端的学术创新的年龄也明显提前。但是过分的科班训练使得出现某种“博士不博”的现象，令人感慨；有些博士后并不珍惜机会，只不过混个博士后以解决家属调动和职称容易晋升这类世俗问题。因此必须在管理上严格执行国资博士后要保证全职搞科研，项目博士后保证足够的时间在站，不能一年两年见不到人影，只要求合作导师帮他在重要刊物上发表文章。博士后进站，是要提高学术档次和学术创新能力的。合作导师的责任，是与博士后学者一同分析他知识准备和研究能力的长短，他原有的研究方向的优劣，相关学科和邻近领域的研究状况，他必须在研究方向和方法上做出哪些调整及弥补，在哪些方面下一番苦功夫，才能使自己进一步的研究上一个新的台阶，并且一步步地进据学术创新的前沿。

三是与博士后学者斟酌学术方法的更新。博士后学者在博士期间从师问学，掌握的一套学术方法与合作导师不可能相同，其间谁优谁劣，需要辨析互补；年轻学者掌握一种方法之后，尽管遇到新的问题，也不甚懂得转身。清人钱谦益："金刚筏喻最重弃舍，学道之人谓当于生处熟，熟处生，故曰'百寻竿上转身难'，又曰'欲穷千里目，更上一层楼'，能弃能舍，则能变矣。"学者能够"百尺竿头，更进一步"，是一大进步；能够"百寻竿上转身"，就是更大的长进。研究的妙处在于往往方法变了，角度变了，你在同一材料中发现的问题，所进入的学理层面，甚至所把握到的世界，都可能发生实质性的变化。也就是说，方法的转换和思维方式的更新，往往成为学术创新的重要手段。博士后学者接受新的思维方式和研究方法，并非轻而易举之事，有时需要脱胎换骨，是一种痛苦的精神过程。但是这个过程完成了，他就获得了穿透材料，发现问题，产生新见的能力上的提升，真正感受到何谓"思想的放飞"，"智慧的喜悦”。这种方法论上的对话和博弈，蕴含着很大的智慧含量，做好了，也会使合作导师获益不浅。

二、博士后合作导师的机遇

然而我要强调的是，既然经过精心选择的博士后学者已是具有相当水平的研究主体，合作导师对之就不仅是学业上的给予，还是自身学术创新能力激活的极好机遇。这种机遇起码也可以从三个方面去考察。首先，博士后学者带来的知识结构和研究方法，对他来说是原有的，对于合作导师来说就是新鲜的了。合作导师应该改变那种封闭性的好为人师的心态，“三人行，必有我师焉”，连孔夫子都抱着这样的学习态度，难道我们的合作导师就不能与自己的博士后学者结成相互间“教学相长”的新形态的“三人行”或“知识共同体”吗？在知识总体上你可能负有指导的作用，但在他穷数年之力钻研的具体领域，他可能比你熟悉许多、甚至高明不少。合作导师能够向比他年轻的学者汲取养分，实际上也是一种精神境界。

其次，博士后学者年龄一般在三十岁左右，处在创新欲望极强的高峰期，他们开放性的知识构成，探索性的研究思路，以及超出前人的见解，对于合作导师保持和重新焕发学术创新欲望和能力，都是极好的思想文化催化剂。青年往往与最新的文化思潮接触频繁，喜欢在老材料中注入新思路，这与那些把旧成果作为包袱，生怕别人研究的新进展否定了自己的权威，形成了鲜明的对比。因此，经常与年轻的博士后学者讨论问题，在他们非常活跃、哪怕还有点青涩的思路中发现天才的闪光，以之撞击自己早已根深蒂固的见解，在自我反思中激活创造性的思维，延长自己的学术创造的青春，这种难得的机遇实在是人生乐事。合作导师不妨做一下心理测验，自己是在看到年轻人稚嫩之处而感到老成的优越，还是看到年轻人探索的缺陷处常常隐藏着学术突破的萌芽？萌芽当然难免稚嫩，但稚嫩往往比老成拥有未来。《老子》云："物壮则老"；"人之生也柔弱，其死也坚强。万物草木生之柔脆，其死枯槁。故坚强者死之徒，柔弱者生之徒"。这种辩证法则，不仅适于生理、心理，而且对于治学之理也是有启发的。合作导师如果能够具有这种思维方法，他就具有再发展的精神动力，为此而享用无穷。

其三，合作导师与两三个博士后学者组合成"知识共同体"，他们的知识结构互异，学术方法各有所长，在共同承担项目进行磨合中取长补短，在纵向或横向上相互追求贯通，热烈的讨论不断碰撞出思想的火花，这对于促进包括合作导师在内而形成综合型或通才型的学者形态，意义是不言自明的。比如设立一个南中国海历史文化研究的项目，就应该集合一些研究中西关系史、近代思想文化史、人文地理学（包括海洋边疆地理）、文史研究古今贯通直至近现代文学等领域的博士后学者。这些学者如果在一起编撰一套资料总集，或写一部著作，可以相互切磋，文因史而坚实，史因文而灵动，今因古而生根，古因今而开新。正如英国戏剧家萧伯纳所说："两个人交换苹果，每个人得到的是一个苹果；两个人交换思想，每个人得到的是两个思想。”甚至可以说，由于思想的撞击，还可以得到第三个，甚至更多的思想。知识共同体中的这种思想连锁撞击效应，当然也会使作为共同体牵头人的合作导师处在亢奋的思想创造状态。只要他能够潜下心来，对这些思想火花和思想成果进行深度的清理、整合、贯通与深化，他的收益可能不在一个博士后学者之下。

总之，博士后制度应该看成是具有综合效应的培养高端科研人才的机制，一方面它是博士中优秀分子进一步提升高档次科研创新能力的助推器，另一方面它也是合作导师重新焕发科研创新能力之青春的催化剂。人类对外在世界和自身的内在世界的认识，是没有止境的，这种认识对博士后学者非常重要，对合作导师尤其重要。应该看到，再焕发的学术青春，对于一个民族国家是非常宝贵的。再焕发的学术青春，是在原有的学术青春的基础上更加博大精深的思想创造，其所达到的思想自由境界和千锤百炼的文化成果，是一般的血气方刚的创新闯劲所难以达到的，在需要丰厚的学术积累的文史领域，尤其如此。一个民族既要有勇猛精进的创新能力，也要有大彻大悟的创新能力，在刚柔相济、薪火相传的文化接力中，涵养民族的文化元气，展示现代大国浑厚而新鲜的文化风采。

（2012 年 1 月 19 日中国社会科学院博士后工作会议发言稿，原载《中国博士后》2012 年第 1 期）

图书文化

《全民阅读推广手册》徐雁／主编

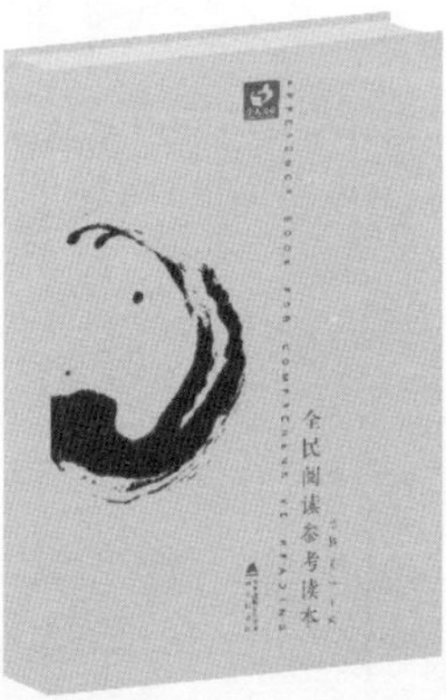

《全民阅读参考读本》徐雁　陈亮／主编

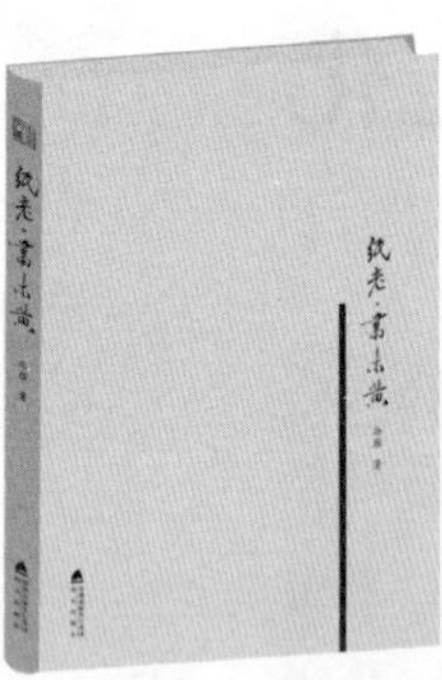

《纸老，书未黄》徐雁 / 著

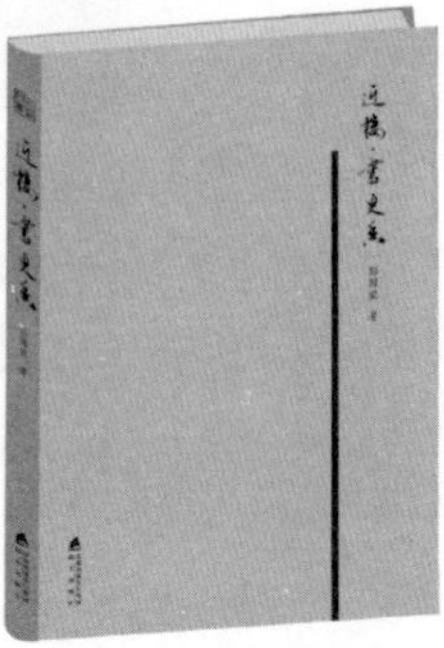

《近楼，书更香》彭国梁 / 著

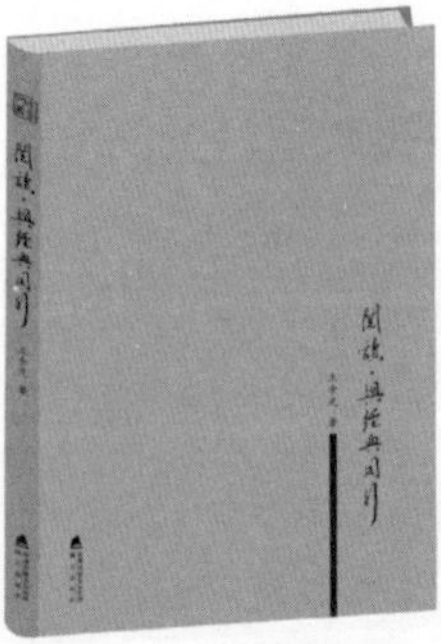

《阅读，与经典同行》王余光 / 著

《书香，也醉人》朱永新 / 著

《书香，少年时》孙卫卫 / 著

《域外，好书谭》郭英剑 / 著

《谈笑有鸿儒》刘申宁 / 著

《斯文在兹》吴晞 / 著

《文学赏心录》杨义 / 著

《文学哲思录》杨义 / 著

本色文丛

本色文丛是我社策划的系列图书，持续组稿编辑出版。丛书力图给喜欢品味散文随笔、全民阅读与图书文化、名人日记与学术札记、海外文化的人士，提供良书与逸品。

本色文丛·图书文化

《书香，也醉人》	朱永新著	29.00元
《纸老，书未黄》	徐　雁著	29.00元
《近楼，书更香》	彭国梁著	29.00元
《书香，少年时》	孙卫卫著	29.00元
《阅读，与经典同行》	王余光著	29.00元
《域外，好书谭》	郭英剑著	29.00元
《谈笑有鸿儒》	刘申宁著	29.00元
《斯文在兹》	吴　晞著	32.00元

《神圣的沉静》	刘心武著	30.00元
《纸上风雅》	李国文著	30.00元
《母亲的针线活》	何西来著	28.00元
《坐看云起时》	邵燕祥著	28.00元
《花之语》	肖复兴著	30.00元
《花朝月夕》	谢　冕著	28.00元
《无用是本心》	潘向黎著	28.00元

本色文丛·日记（于晓明主编）

《读博日记》	张洪兴著	31.00元
《问学日记》	王先霈著	26.00元
《文坛风云录》	胡世宗著	29.00元
《原本是书生》	于晓明著	32.00元
《紫骝斋日记》	马　斯著	31.00元
《梦里潮音》	鲁枢元著	31.00元
《行旅纪闻》	凌鼎年著	即将出版
《微阅读》	朱晓剑著	即将出版

《从神州到世界》	张　炯著	即将出版
《丹青寄语》	崔自默著	即将出版
《文坛边上》	吴昕孺著	即将出版
《书事快心录》	自　牧著	即将出版

本色文丛·海外文化

《半岛之半：居韩一年散记》		
	许　结著	30.00元
《西行漫笔：一个远足者的异国寻觅》		
	王兰仲著	29.00元
《哈佛周记》（暂名）	郭英剑著	即将出版